AF489123

Preámbulo
Antonio López Ortega

Producción Editorial
MONROY EDITOR
Douglas Monroy

Coordinación
COLECCIÓN NARRATIVA
CONTEMPORÁNEA
Violeta Rojo

Corrección
Henry Arrayago

Diseño gráfico
Zilah Rojas

Community Manager
Rafael Monroy

Gerencia de Administración
Evelyn Ramos

Fotografía de portada
Raquel Flores y Antonio López Flores, 1932
Fotógrafo: Miguel Pietri

Retrato del autor
Javier Volcán

Impresión
Editorial Arte

Tiraje
500 ejemplares

Primera edición: 2021
Caracas, Venezuela

Depósito Legal DC2020001294
ISBN 978-980-7793-07-0

monroyeditor@gmail.com
www.monroyeditor.com

Preámbulo

Antonio López Ortega

para Antonio López Flores, mi padre,
en el origen de estas páginas

Prueba la taza sin sopa
ya no hay sopa
          solloza hermano
prueba el traje
bien hecho   a tu medida
te cuelga
te sobra por la solapa
nos falta sopa.

Juan Sánchez Peláez

Madre conduce el viejo Packard. Lo viene haciendo a empujones, hundiendo o soltando el embrague. Su pierna izquierda no llega con fuerza al pedal, se queda corta, y entonces el vehículo corcovea, como si fuera un caballo.

Vamos bailando, sin darnos cuenta, cuando todos deberíamos estar absortos. Con el bamboleo, los pechos se adelantan, las piernas se tensan. Allí está la cuesta, cada vez más empinada, mientras dejamos atrás La Guaira.

Hundido en el asiento trasero, intento ver más allá del parabrisas. Estoy buscando árboles, aves pasajeras, pero la inclinación del Packard sólo me ofrece el cielo. Un cielo límpido, sin nubes, en pleno fragor del mediodía. Llego a creer que el cielo es enteramente mío, que me lo han reservado, pero en verdad es de todos, mientras guardamos silencio.

Al lado de Madre, en el asiento delantero, va mi tío Armando. Lleva corbata negra, delgada, casi una cinta arrugada que muere en el abdomen. Armando es trigueño, de cejas gruesas, con pómulos hundidos. Su brazo derecho va descansando sobre el marco de la portezuela, con el codo salido. Mueve la cabeza de un lado a otro, rozando la tela del techo, quizás porque su humanidad recrecida no le permite ceñirse al asiento. Usa brillantina en esos pelos crespos, movidos por el escaso viento. Sus ojos almendrados van más allá de la cuesta, cortan la visión con cuchilla de aluminio.

Detrás de Madre, casi en línea recta, va el tío Guillermo, para más señas médico de la familia. Su rostro es aceituno, redondo, con una risa afable cuyo origen todos desconocemos. Viene con ojeras, las de siempre, y una cierta inquietud no le permite posar las manos en las rodillas. Su cuerpo está embutido en un paltó

cruzado, también negro, con dos hileras de botones. También
ve el cielo, más allá del parabrisas, pero la imagen del costado,
con matorrales que brotan al borde de la cuesta, le va robando
la atención. Hombro a hombro, y a veces tomándolo del brazo,
va sosteniendo al abuelo Rafael, seguramente ebrio o dormido,
bailoteando en el centro por los empujones. Es mejor que el tío
Guillermo lo haga, porque si no se me vendría encima. Y sin
embargo, dependiendo de las curvas, me toca aplicar los brazos
como palanca y contener la masa inanimada. De más está decir
que el abuelo viene impecablemente vestido, como siempre, con
chaleco, corbatín y un bolsillo delantero para guardar el reloj de
oro. Lástima que un hilo de saliva, desprendido de la comisura
de los labios, caiga ahora sobre la flor que lleva en el ojal.

El Packard era de un gris oscuro, casi negro. Recuerdo los
guardafangos anchos, las ruedas de atrás semicubiertas, los arabescos plateados que recubrían el radiador. Todavía creo ver las
bandas blancas muy anchas de los cauchos, apenas salpicadas
por gotas de barro reseco. Cómo Madre lograba conducir tal ar-
matoste es una pregunta que todavía me hago. Para la ocasión en
Catia La Mar, si se puede hablar de tal, llevaba un vestido florido,
estampado con lirios morados y negros, guantes hasta las muñecas, el pelo recogido bajo un tocado. La carterita era un señuelo,
pues de tan fina dudo mucho que una polvera o un lápiz labial
cupieran. El cuerpo demasiado estrecho de Madre se hundía en
el Packard, desaparecía ante el volante, y sin embargo iba do-
mando a la bestia a punta de espolones, en un rodeo silencioso.

Por qué Armando se coloca al frente es algo que nunca en-
tenderé. A menos que a un niño de ocho o nueve años, no lo
sé, se le impidiera ir en el asiento delantero. Pero dejarme atrás,

con el abuelo, es una imagen que todavía me estremece. Pasamos de la fiesta al dolor, en un santiamén, sin respiro alguno. ¿Qué habíamos ido a hacer a Catia La Mar? Poco importa, la verdad. Por la vestimenta que describo, supongo que sería una recepción, un agasajo, la invitación de unos clientes que le compraban sacos de chocolate a Madre. Pero llevar al abuelo, con sus ochenta años a cuestas, es un dato que no calza. Desde los tiempos de Zaraza, en medio del polvo que se levantaba en las calles, al hombre le gustaba el buen vestir, los licores finos, los bocados más variados. La mente quería abarcarlo todo, pero el cuerpo se quedaba atrás, rezagado. ¿Por qué entonces llevarlo al agasajo de Catia La Mar, tan cuidadosamente vestido, con la flor en el ojal, si el calor abrasaba por dentro y derretía la grasa de los poros? Rafael Flores ha debido estar sentado en una silla estrecha, la mano apoyada en una mesa de mantel blanco, con una copa de brandy que sus labios morados sorbían, seguramente triturando chicharrón con los pocos molares que le quedaban. Y en un rapto minucioso, con imágenes que se le agolpan, se ve a sí mismo caer sobre el mosaico estrellado del piso para asombro de las damas que se entretienen con su trato glamoroso.

Vuelvo, sin embargo, a la cuesta que nos aleja del litoral. Se trata de la vieja carretera que va escalando el cerro desde La Guaira para llevarnos al otro costado de la montaña, donde debe aparecer, lentamente, el valle de Caracas. El Packard deja atrás las casas playeras, los comercios de las avenidas, los uveros en las aceras y los almendrones en los jardines, para bordear casas más pequeñas, por momentos rancherías, que se aferran al pie de monte, como sostenidas por los vientos. Por aquí hay un lupanar atestado de marineros, irrumpe Armando sin que yo entienda la palabra lupanar. Vienen directo de los muelles de La Guaira: suecos, noruegos, griegos, y pare usted de contar. Yo miro hacia un extremo, hacia donde él señala, pero no entiendo nada: apenas una fachada blanca, alargada, con ventanales pequeños más arriba, en hilera, sobre un portón de madera semiabierto, una de las hojas hundidas hacia un zaguán sombrío. La estampa es fugaz, imprecisa, y hoy cuenta más el recuerdo que la visión real. Cuenta por las palabras de Armando, que fueron las únicas que se pronunciaron en el camino, me atrevería a decir, hasta que al fin llegamos a San Bernardino con el abuelo bailoteando. El resto fue tan sólo ascensión a los cielos, primero por la inclinación del Packard sobre la cuesta, pero luego y sobre todo por la variación del paisaje, que de muy reseco pasó a una humedad neblinosa en las alturas. Después de los últimos barrios de Maiquetía, comenzaba una vegetación xerófita, de cactos y tunas, de cujíes y pastizales amarillentos; luego veríamos los primeros árboles torcidos, algunos arbustos más verdes que pálidos; y hacia la cúspide, cuando las curvas y los breves pasos sobre quebradas se hacían interminables, la visión era boscosa, de verdor cerrado, con nubes que nos atravesaban creyendo que se trataba de simple neblina. Me pregunto si ese era el cielo que recibiría a mi abuelo Rafael, y me lo pregunto porque desde Catia La Mar venía muerto, sostenido por los hombros de Guillermo y por la insuficiente palanca de mis brazos. Por una de esas decisiones que nadie contrariaba, ni siquiera Guillermo como médico de la familia, quien para tomarle el pulso a su propio padre debió desatarse el nudo de la corbata, Madre ordenó no llamar a ambulancias ni curas. A Rafael, decía, se le hará el santo sepulcro en Caracas. Y con la sentencia, dicha en medio de la fiesta, entre todos subiríamos el cuerpo al viejo Packard y lo plantaríamos en el centro del asiento trasero, escoltado por Guillermo y por quien creía que el cuerpo desaparecería entre las nubes.

Dos o tres horas conviví con mi abuelo muerto, dos o tres horas que aún me sostienen. El cuerpo habrá llegado abatido a Caracas, pero el alma, estoy seguro, a merced del viento, quedó incrustada en uno de esos árboles de montaña, entre el verdor y la neblina. La muerte fue, si se quiere, elegante, pues más allá del hilo de saliva, lo que en verdad sobrevivía era la flor en el ojal, un clavel que parecía sembrado en su pecho, un clavel que nunca marchitó.

A mi abuelo Rafael lo conocí de cinco años. Veo a un hombre de baja estatura, henchido, con sombrero, bastón, la flor en el ojal, y Madre me dice: «Salude a su abuelo». Habíamos llegado a Zaraza desde Caracas, en un trayecto que consumió todo un día: dos o tres vehículos levantando el polvo del camino. Eran los tiempos de la transición, cuando la familia se trasladaba por oleadas, lentamente, hacia Caracas: primero Madre, luego los hermanos y por último los padres, que al final no sé si hicieron vida común en la gran ciudad. La estampa del abuelo que recuerdo haber visto en Zaraza era la misma de Caracas: el paisaje cambiaba pero los hábitos seguían siendo los mismos. ¿De dónde la presunción, las vestimentas, las buenas maneras, la decencia en el trato? Siempre supuse que el abuelo era de Zaraza, pero en verdad había nacido en Aragua de Barcelona, pueblos interconectados por una ruta comercial sembrada de pensiones que bajaba hasta Angostura. En cada pueblo, recuerdo, había estanques, pequeñas represas, oasis donde los viajeros se detenían a quitarse el polvo de la cara.

Don Rafael, que así lo llamaban, heredó un negocio familiar. Se le conoció siempre como comerciante, y en Zaraza llegó a tener una pulpería que él mismo atendía. Sus orígenes se me pierden, pero fue un hombre autoinstruido, que salía todas las tardes a pasear y conversar. Ya en Caracas, seguía reservando sus horas vespertinas para la cháchara. Sólo que en vez de salir a pie (las piernas ya le fallaban, el bastón dudaba), prefería recibir a la gente en el porche de la casa. La imagen de un semicírculo en la terracita de San Bernardino, con hombres trajeados de oscuro alrededor de su figura encogida, me acompañó hasta el día de su muerte. La galantería y el temperamento abierto, dispuesto a abordar cualquier tema, siempre lo diferenciaron de su esposa, la abuela Chacín, quien más bien resultó hacendosa, hogareña y de poco hablar. Si esta sembraba sus hábitos en los corredores y patios de su pensión zaraceña, aquel siempre fue hombre de plaza pública. Poco se sabe de la relación entre ellos, y con el paso de los años se les veía cada vez menos juntos, pero llegaron a tener veintitrés hijos en Zaraza, la mayoría de los cuales enfermaron jóvenes, unos de fiebre amarilla, otros de malaria y otros más de trastornos indescriptibles. De los veintitrés hijos, sólo ocho sobrevivieron.

Dije antes que Guillermo se desató el nudo de la corbata para tomarle el pulso al abuelo, pero obviamente hizo mucho más. De los ocho hijos sobrevivientes, era el que más se le parecía. Igual en estatura, igual en el tono de piel, igual en la sonrisa. Sólo lo diferenciaba, o lo acercaba más a la abuela Chacín, el silencio, o mejor la expectación con la que abordaba cualquier situación humana, por más radical que fuera. Don Rafael lo veneraba por ser su único hijo graduado, profesional universitario, médico internista que con el tiempo se convirtió en pediatra. En Guillermo, su semejante, veía una posibilidad de sí mismo, de pulpero a médico, de pensionario a sabio consultor. Le pasaba el brazo por los hombros e improvisaba una caminata: Guillermón, le decía, qué lejos has llegado. Y en la llegada, se veía con toga y birrete, llorando como también lo hizo en el acto de graduación de su hijo. Para la ceremonia se había puesto un paltó levita, más elegante que el que llevaba el día de su muerte, pero siempre con el clavel en el ojal.

No quisiera recordar ahora la escena porque aún no la entiendo, pero Guillermo golpea el pecho del abuelo con el puño cerrado, lo asiste llevándole aire boca a boca, le vuelve a tomar el pulso. Los labios tenían el color del brandy, su boca olía a chicharrón. Don Rafael agoniza entre los brazos de su hijo, médico para más señas, quien pese a todos los signos vitales, ciegamente, sigue golpeando el pecho. Guillermo se detiene de pronto, lo ve a los ojos, hace suyo el momento preciso en el que expira y luego lo alza para traerlo a su regazo. Lloraba el hijo como su padre lo hacía cuando en el acto de graduación se inclinaba ante las autoridades para recibir la medalla. La elegancia quieta del abuelo era ya la elegancia de la muerte, vestida para la ocasión, la misma elegancia que me acompañó a mis ocho años en forma de clavel sin saber que viajaba con un cadáver.

La abuela Chacín tuvo la pensión más famosa de Zaraza, ciudad de paso como pocas: pasaban por allí los que provenientes de Caracas buscaban luego el norte, hacia Barcelona o Puerto La Cruz, y también los que bajaban hacia el sur, oteando las orillas del Orinoco o Ciudad Bolívar. Los viajeros que allí pernoctaban ofrecían todo lo que se podía vender para la época: peras, artículos de ferretería, cuadernos escolares. Pero más que calidez y buenas atenciones, recordaba Madre, los viajeros se sentían atraídos por las tertulias que animaba don Lisandro. Cada quien traía noticias de la capital, echaba cuentos de camino, pero todos terminaban hablando de política, literatura o ciencia... los temas del momento. Don Lisandro pasaba mucho tiempo en la ciudad, y de hecho estuvo residenciado por varios años. Todos los viajeros sabían que provenía de Lara, que era gran lingüista, etnólogo y educador, pero lo que más les cautivaba era su verbo monopolizador. Llegó a dar clases en el liceo de la ciudad, y también ofrecía lecciones particulares a los hijos de las familias pudientes. De niño no sé si lo llegué a ver en alguna de las visitas a Zaraza, de manera que estas escenas son más de Madre que mías: son las que ella me cuenta y yo revivo. El relato me hace ver el patio, las sillas desordenadas de madera y cuero que se ocupan y desocupan, la lengua del viento vespertino que llega a sentirse en las frentes y, al final, centro de las miradas, el personaje legendario que despierta admiración y respeto. Todas las noches, en el patio trasero de la pensión, bajo el frescor de unos bambúes que el viento apenas mecía, don Lisandro se constituía en la referencia obligada de las tertulias. El cruce de opiniones podía ser contrastante, cuando no explosivo, pues los viajeros provenían de distintos horizontes y circunstancias variadas. Los problemas que podían ser para uno, no lo eran para el otro; las críticas que alguno levantaba, el vecino las apaciguaba. Pero de cualquier forma y siempre bajo el mismo tenor, las opiniones de don Lisandro, con su voz ronca y pausada, con sus maneras aprendidas de pedagogo, coronaban la discusión y servían de despedida. A partir de allí, ya todos podían volver a sus habitaciones y amanecer al día siguiente para retomar el camino con las mulas llenas de mercancía. Bajo los bambúes arqueados, a lo largo de sesiones que comenzaban después de cena y podían extenderse hasta las diez, nadie probaba licor: la abuela Chacín o las mujeres de servidumbre tan sólo repartían café con leche y unas galleticas dulces pero toscas que la abuela horneaba con esmero y que ya hacían parte de un rito de degustación por el que pasaban todos los visitantes.

Dicen que para sobrevivir, versión que Madre validaba, Victoria Chacín convirtió su casa de familia en pensión. Mujer recia, de carácter, aunque reservada, con padres que murieron jóvenes y que no tuvieron tiempo para transferirle afecto, la abuela terminó casándose con Rafael Flores, viajero en sus inicios pero luego residente de Zaraza. Hay que imaginarse la escena del galante Rafael, en sus años mozos, llegando a la pensión desde Aragua de Barcelona o rehaciendo viaje hacia Angostura, ante la virginal, hacendosa y seguramente vestida de blanco Victoria. ¿Cómo conciliaron edades, gustos o destinos? Los cercos de Rafael ante la joven dama han debido ser obsesivos, las ofrendas rechazadas, las insinuaciones verdaderas calles ciegas, y sin embargo el joven pulpero y la futura posadera contrajeron matrimonio y se mudaron para la casa que luego convertirían en pensión. Al poco tiempo, en el mismo hogar en el que había visto morir a sus padres, Victoria Chacín se dedicó a tener hijos, uno tras otro, hasta llegar a la inadmisible cifra de veintitrés. La muerte siguió instalada en las habitaciones o en los corredores de la casa, y vestida de malaria, tuberculosis o tos ferina, se fue llevando a los críos de diferentes edades. Historias nonatas, destinos truncos de los que nadie habla, ni siquiera Madre o sus hermanos, quizás porque la vida misma se les reveló como excepción, como azar engañoso, y estar de este lado, con la sangre fresca, y no del otro, bajo tierra, formando parte de los quince que nunca fueron ni historia ni relato ni memoria, ya era el mayor de los regalos. Sólo Victoria se reserva para sus ojos inextinguibles los rostros enrojecidos, las toses interminables, las lágrimas que no cesaban, los pálpitos que recrudecían. Quince víctimas regadas a lo largo de los años, quince víctimas que mueren entre la inconsciencia y la voluntad que se apaga, algunos apenas bebés de pocos meses, otros en la primera infancia, otros más en la edad de contraer las enfermedades que todos los niños contraen. El llano podía concentrar todas las pestes y regarlas a lo largo del espinazo que parte al país en dos, llevándolas hasta los poblados que servían de desaguaderos, de respiros en medio de caminos que sólo entrañaban polvo o barro reseco.

La pensión fue originalmente una de esas casas solariegas de la provincia venezolana. Al frente estaban las habitaciones y las salas; atrás quedaban los corrales y los lavanderos. Yo visité la pensión de niño, en el mismo viaje en que conocí al abuelo Rafael, pero casi no la recuerdo. Lo que recuerdo, en verdad, me lo refiere Madre, quien evoca las estampas y las imágenes como si estuvieran vivas. Cuando la casa que fue morada de la abuela la convierten en pensión, surgen dos áreas claramente definidas: en la primera, vivíamos nosotros y todos los familiares que llegaran; en la segunda, habitaban los pensionados, los viajeros. Era una división, pero a la vez no lo era. Como se trataba de la misma estructura, a partir de un momento los espacios eran contiguos. Dónde estaba el punto en que lo privado se volvía público o viceversa es algo difícil de determinar. La mujer que llegó a tenderme la cama las veces que estuve podía desaparecer tras un pasadizo y tendérsela luego a los viajeros, la cocinera que me hacía el desayuno era la misma que le colaba el café en una media desecha a don Lisandro. Eran dos mundos conviviendo en un mismo espacio, sin problemas, sin reclamos, a lo que sin duda contribuía que los pensionados casi siempre fueran los mismos. Los viajeros hacían sus reservaciones antes de irse y ya se sabía en qué meses del año llegaba fulano o zutano, cuándo le tocaba al comerciante de artículos ferreteros que iba hacia Angostura o cuándo bajaba de Puerto La Cruz quien llevaba trajes de la nueva moda europea a las damas caraqueñas. Uno de esos viajantes, por cierto, vistió de novia a la abuela con un traje que aseguró provenía de París. Llegó un día con tres cajas chatas, amplias, cerradas las tres con sendos lazos de repostería, y dijo que ese, precisamente ese, sería su regalo de bodas. Una caja venía con el velo, otra con la cola y una tercera, la más grande, con el vestido en sí, doblado hasta caber con todos los encajes y bordados que exhibía. Hay una sola foto, o más bien daguerrotipo, de la abuela con ese traje; una foto lavada, comida en las esquinas, con la que siempre me topaba en la mesita de noche de Madre. El esplendor de la abuela Victoria, lozana como una virgen, lista para entrar al altar, sin saber que entre sus brazos morirían quince críos que reptaron por sus entrañas, que le encanecieron el cabello y que la volvieron un templo de silencio en sus últimos días.

Madre veneraba a la abuela Chacín. La creía una santa, un alma sacrificada. Hablaba de ella y enseguida elevaba su mirada al cielo, como buscándola. En el seno de ese temple que le fuimos conociendo, Victoria era una herida que ella ocultaba en medio de sus afanes. No cesaba de evocar sus gestos amables, sus dones de gente, el fervor que le profesaban los viajeros de la pensión. Con padres muertos tan jóvenes, con apenas una hermana menor irascible y desganada que casi le tocó criar, ¿de dónde provenía la paz que nadie enturbiaba? Razones había de sobra para llevar el dolor en la frente, en el corazón, en las entrañas. Y sin embargo, volcarse al otro, al semejante, parecía ser su talismán secreto. Pese a vivir en un pueblo como Zaraza, podía pasar como una mujer distinguida, aunque discreta, de poca calle. Ni siquiera el matrimonio con don Rafael cambió esos hábitos, entre conservadores y cautos. Cómo la pensión, que era su casa de infancia remodelada, llegó a ser su universo propio, con la sección familiar y la de visitantes, como si lo propio y lo ajeno pudieran mezclarse, es la pregunta que habría que hacerse. Porque la pensión, en medio del polvorín que podía ser Zaraza, lo era todo: refugio, guarida, factoría, comedor, dormitorio, recreo, espacio para compartir con los amigos. En el traspatio, recordaba Madre, había vacas que se ordeñaban, gallinas que ponían huevos. Un manantial de manjares, de pequeños bocados, brotaba desde el fondo y alimentaba diariamente al ejército regular que hacía vida entre los dormitorios y las terrazas. El sancocho de gallina, por ejemplo, preparado desde el día anterior con el sacrificio de una de las ponedoras, se hacía sentir en todo el pueblo. Los olores trepaban los fogones, se enredaban en las varas espigadas del bambusal y morían flotando en las casas y calles vecinas hasta aguar los paladares. Era común que la gente de los alrededores salivara, y también lo era que los más desasistidos se acercaran por la puerta trasera con el pocillo de peltre característico, en espera del cucharón repleto de caldo con presas y verduras que los ayudaba a llevar mejor el día. A veces la abuela vigilaba esta acción de gracias, cuidando de que todos quedaran servidos, sobre todo los niños.

Los momentos de mayor privacidad de Victoria Chacín eran las tardes, como entre cuatro y seis, justo antes de la cena y de las tertulias. A su manera, otro misterio difícil de rastrear, era una mujer ilustrada, que leía literatura religiosa, historia y especialmente poesía. En medio de la numerosa servidumbre, necesaria para limpiar los pasillos, barrer el patio, lavar los pisos, tender las camas y preparar las diarias raciones de comida, la abuela se escurría hasta el bambusal, se sentaba en la mecedora que nadie más se atrevía a ocupar, y leía con una concentración absoluta. Allí concibió, en un fragmento del Génesis, el nombre de Raquel que llevaba Madre, su primera hija sobreviviente. Lo encontró en un versículo de Jeremías, quien pone en manos del Señor esta frase: «En dolor darás a luz los hijos». La conmovió, o quizás la reflejó de manera palpable, la historia de quien muere dando a luz a Benjamín. Las Escrituras le hablaban de que sólo Dios definía la extensión del dolor en el parto, lejana secuela de la maldición del Paraíso, y ella también se sentía tocada por esa admonición. La Raquel de la estampa bíblica, pensaba, finalmente entregaba su vida por otra. Camino de Betel a Belén, a pesar de lo que le aseguraba su partera, la agonizante madre nunca llega a destino. De pronto, en cualquier recodo pedregoso, ve cómo Benjamín se le desprende por entre las piernas y, antes de que el alma se le esfume, sólo alcanza a expresar: «Hijo de mi dolor». Jacob siempre estuvo cautivado por Raquel, una feminidad en grado sumo. La amó desde el principio, a pesar de sus desvaríos con otras. Cuando le entrega a José, su primogénito, y pudo ser al fin madre, su personalidad sufre un cambio notable: más belleza, más orgullo, más dominio de sí misma. El Señor le permite luego tener a Benjamín, pero a cambio de su alma. Jacob acata en silencio la decisión de Dios, como era de esperarse, pero a la vez recibe la desoladora noticia sin poder entender el alcance de la frase de su esposa cuando muere, pues la tribu de su hijo Benjamín estaba destinada al exterminio... Exterminio, lee impertérrita Victoria Chacín bajo el bambusal y marca la página con la cinta azul del grueso tomo bíblico que alguna vez fue de su madre, la misma página en la que, un poco más abajo, Jeremías dice: «Raquel llora por sus hijos, y rehúsa ser consolada, porque perecieron».

Bautizando con el nombre de Raquel a Madre, la abuela Victoria transfería una responsabilidad, o más bien buscaba reencarnar en su hija. Sus pérdidas numerosas, mayores a las de la esposa de Jacob, merecían un reconocimiento, que sin embargo nadie podía darle, ni siquiera el cura ante el que se confesaba todos los domingos buscando alguna absolución. ¿Quién podía celebrar en Zaraza hijos perdidos, enfermos o desvalidos? La tibia condena que gravitaba, los silencios hogareños, los extravíos de don Rafael, sumaban un señalamiento, un reclamo, una deuda, que hundían a Victoria hasta transformarla en un ser piadoso, servicial, benévolo como pocos. La bondad absoluta, ciega, pero siempre insuficiente, era el remedio más propicio, más a la mano, para restarle aristas a la imagen imposible de los cuerpos idos. En su hija Raquel, quien desde muy pequeña la ayudaba en las labores de la pensión, quiso ver un ejercicio de resurrección. Su prestancia juvenil, su autoridad indiscutible, el mayorazgo que ejercía sobre sus hermanos, los sobrevivientes, la convirtieron en el centro de la familia, en quien luego llamarían Madre a falta de la verdadera, y aún más cuando Victoria, cansada de existir bajo la pesadumbre, finalmente reencontraba su reino, si no de los cielos al menos sí ultraterreno. Raquel la sacrificada llevaba el nombre que ella debía llevar, Raquel la madre de Benjamín encarnaba el destino que a ella han debido reservarle en vez de sobrevivir a tantas muertes inocentes. Un domingo en la iglesia, ligeramente alterada porque no era lugar para atender o mostrarse servicial, hizo suyas las líneas de un misal extraviado en un reclinatorio que la consolaron, que le confirmaron nuevamente el rigor de su prueba, sólo suya, de nadie más, y ante cualquier frase del cura, saliéndose del libreto, respondía en susurros: «No llores, Raquel, con tus tristes ojos, al ver a tus hijos morir como mártires. Son los primogénitos de una simiente que de tu sangre empieza a crecer». Como José y Benjamín, sacrificados, los suyos serían los progenitores de otra prosperidad, no ya la de Egipto, sino la que le esperaba al término de sus días, cuando la fortuna y la fertilidad finalmente la extrajeran del éxodo en el que siempre vio inscrita su vida.

[*Introito:* De los hermanos desaparecidos nunca se hablaba. Fueron recién nacidos, críos que apenas tuvieron nombre, seres que nunca llegaron al habla. Todos están enterrados en Zaraza, suponemos que muy quietos. Se diría que nacieron para morir, para callar, para horadar el alma de los que vencieron las plagas y quedaron con vida. Si de los veintitrés, como dice el relato familiar, sólo ocho llegaron a edad adulta, ¿es admisible la pérdida de quince criaturas? La fertilidad parece excesiva, casi un niño por año, si recomponemos la vida en pareja de Victoria con don Rafael. ¿Pero por qué la cifra prevalece y más bien se agranda con el tiempo? Es de esos casos en los que la fábula, de por sí poderosa, se va imponiendo pese a los datos de la realidad. Quince criaturas envueltas por las pestes son las que han quedado en el recuento y a estas alturas ya nadie duda de esas pérdidas sucesivas. Pensar en esos rostros, imaginarlos exangües, esconder los cuerpecitos entre sábanas para llevarlos de noche al cementerio. ¿Quién se reserva esa visión? ¿Quién resguarda esa vivencia? ¿Esas imágenes son del dominio exclusivo de Victoria, de alguna matrona o sirviente? ¿Por qué don Rafael, galante, no parece asociado a esa tragedia secreta, que sólo parece embargar a la madre? Son los cabos sueltos que nadie anudará, es el pasto por donde las reses se mueven para mordisquear e ingerir un bocado que queda preso entre digestiones que nunca acaban.]

Cuento ocho, sí, pero hay uno que se me esfuma, que falta, que merece un recuento aparte. Los hijos de Victoria y Rafael, enumerados de mayor a menor, responderían a estos nombres: Rafaelito, Raquel (o más bien Madre), Violeta, Daría, Yolanda, Guillermo y Armando. Del que se esfuma (por imprecisable, por borroso, por contar con un relato que expira en medio de la polvareda), hablaré luego. Juntarlos a todos, sobreponer sus rostros, es una tarea imposible. Vienen uno tras otro, con oleadas que son propias, con historias que los anudan o los separan. Cuándo verlos como masa amorfa, pulpo con una carita en cada tentáculo; o cuándo verlos por separado, cada uno con su abismo a cuestas, es una decisión azarosa, dependiente de un entramado que se va desenhebrando en función de los impulsos o el tacto. Ahora podría ser Rafaelito, a solas, subiendo por la cuesta de una montaña; pero enseguida saltan Violeta, Daría y Yolanda, al unísono, porque muchas veces fueron trilogía y no lo supieron. Más atrás viene Armando, ¿solterón y solitario?, y luego Guillermo, más confiado y predecible. Daría, por ejemplo, siempre se quitaba la edad; Violeta no podía vivir sin Yolanda; Rafaelito vivió para alejarse de todos; Armando tuvo más mujeres de las que supimos.

Violeta, Daría y Yolanda no eran feas, pero tampoco atractivas. Con la edad, se fueron jorobando, sus rostros apagados en medio de las sombras. Pero de todas las hermanas Flores Chacín, sin duda, Madre fue la más hermosa, la más radiante (lo dicen sus retratos de juventud, que pintan una aureola alrededor de su rostro), la más lozana. Es extraño que en hermanas tan cercanas, las diferencias sean tan opuestas: Madre, por ejemplo, era muy blanca, pero Violeta, en contraste, más bien trigueña. Y eso se va repitiendo en todos: Armando más parecido a Violeta, Guillermo más parecido a Madre. Quizás el abuelo Flores, tan presumido, haya sido determinante en la descendencia, pues esa baja estatura de Violeta y Yolanda, más la tendencia a la gordura, también fueron suyas. La altura de Armando, que terminó siendo muy espigado, no se avenía a la redondez de Guillermo, quien sin duda heredó la silueta del padre. La pequeñez de Violeta, casi miniatura, hablaba de unos ancestros desconocidos, mientras que el cuerpo rechoncho de Yolanda, coronado por una cara muy blanca, condensaba una síntesis perfecta. Habría de seguro más blancura de piel en Victoria que en don Rafael, quien escondía su tez morena, llena de lunares, bajo chalecos y corbatines. Pero ese cruce de sangres, proverbial, no dejaba de mezclar humores con defectos, silencio con verborrea, locuacidad con lejanía, vacío con relleno, melancolía con gracia.

Si bien Madre desde corta edad, hacendosa, ya se hacía sentir en la pensión, Violeta, Daría y Yolanda sólo existían en función de las correrías, de las travesuras. Hay que imaginarlas en ese patio trasero, mimadas por la servidumbre; hay que observarlas recogiendo los huevos dispersos o asistiendo a la torcedura de cuello de una gallina, cuya vida acaba en un sancocho. Las niñas de la pensión lucen presumidas, comparten el mundo de los viajeros, reciben regalos cuyo puerto de origen puede ser Marsella o Sevilla. Es una etapa libre, azarosa, llena de afecto, en la que la pensión es un mundo vasto, anudado entre visitas y relatos, aunque finalmente cerrado. Más allá del largo zaguán, Zaraza apenas ofrece las misas de los domingos, las visitas al cementerio que nadie entendía, la búsqueda de víveres con don Rafael, el viaje corto a un embalse que servía de bañadero para las reses sedientas. Cómo convivía esa vivacidad de los chicuelos con las pérdidas es otro secreto bien guardado. Porque no se sabe bien si los hermanos nonatos están al comienzo o al final, entremezclados o sembrados sin rastro. Entre Violeta y Daría, por ejemplo, ha podido haber un enlace fantasmal, un cuerpo que no fue de ninguna pero que las acerca y las estrecha sin que ellas sospechen. Cuando alguien acaricia, ¿quién en verdad acaricia? Cuando Yolanda soba la mano de Violeta porque quiere recorrer con la yema del índice sus venas henchidas, ¿quién en verdad soba la mano?

Mientras la opacidad de doña Victoria teñía los muros y ensombrecía los corredores, Madre crecía en el laberinto y lo hacía suyo. Ya adolescente, entre los dieciséis y los diecisiete, la pensión respondía a sus impulsos. Era una matrona joven, siempre lozana, que daba órdenes con la mirada y ponía en su sitio a cualquier viajero descentrado. La servidumbre miraba por sus ojos, acataba sus caprichos, leía en sus gestos el orden que debía tener el día. Victoria Chacín fue encontrando su descanso final en vida, teniendo más tiempo para leer, para refrescarse bajo el bambusal, para permanecer más tiempo en su cuarto. La mecedora de las tardes se movía más a menudo, las idas a misa se hacían recurrentes. Victoria desaparecía, lánguida, y la Raquel de sus lecturas bíblicas ocupaba su espacio con majestad de resurrecta. Era difícil explicar el amor de madre a hija, porque Victoria la admiraba con ojos que no eran terrenales, que no eran de este tiempo. ¿Qué influjo habrá pasado de un corazón al otro, de un temple al otro? En esta Raquel el sentido de responsabilidad era asfixiante: no perdía detalle, quería estar en todo a la vez, deseaba tener al mundo bajo sus faldas. Muy rápidamente, con el silencio de la sangre que corre por las venas, sus hermanos la reconocieron como guía, como principal, como escudo de defensa. Mirada altiva, ceño enarcado, brazos en jarra. Podía estar pensativa, podía hacer un desplante, podía ser la más amable. Hasta Rafaelito, el lunático, mucho mayor que ella, reconocía su autoridad: lo mandaba a buscar víveres y tasajos, como lo hizo por años don Rafael, después de que éste abandonara sus hábitos. ¿Por qué, entre todos, la resurrecta Raquel ocupaba el centro del sentido? Era una pregunta que sólo Victoria Chacín sabía responder, pero para sus adentros, sin que nadie supiera. La niña de sus plegarias ocupaba la escena, la niña de sus ojos venía a recuperar el sentido de la especie. Con ella en la pensión, remolino que todo lo abatía, podía estar tranquila. La muerte de los críos se olvidaba, o acaso se justificaba, porque Raquel garantizaba la perdurabilidad de la tribu, el éxodo de una prole que ella ya nunca vería.

[*Introito:* Suelo pensar que al final de sus días, liberada por lo que iba dejando en Raquel, Victoria leía más poesía que pasajes bíblicos. Quizás por recomendación de don Lisandro, quien desde Barinas hasta Anzoátegui seguía los versos de los jóvenes poetas del llano, dio con el autor de *Florentino y el Diablo*, pero en sus años mozos. Esos párrafos que leía bajo el bambusal, haciendo oscilar la mecedora para llevar el ritmo, los fue memorizando hasta recitarlos para sí en susurros. La oscuridad de su cuarto, en las noches cerradas, o el momento de comunión en la misa, que nunca sintió merecer aunque la atendiera de rodillas, eran propicios para que los versos brotaran como flores silvestres. Con el joven poeta Arvelo descubrió que el amanecer podía llamarse «alba de rubios asomos», y también que su vida podía resumirse en apenas cinco palabras: «todo mi sueño sin cuna», frase que se repetía ante cualquier circunstancia, hasta el cansancio. Su vida era ciertamente un sueño, pensaba, pero sin origen, sin base, sin rastro. Un esfuerzo inútil, una desmesura que nadie notaría. Sólo que la poesía, comenzaba a sentir, le daba un relieve distinto a esa nadería. Su destino podía ser trunco, insignificante, pero a los ojos de la poesía, incomprensiblemente, valía la pena ser descrito, ponderado. La poesía no diferenciaba entre altos y bajos, vidas y muertes, celebración o tragedia. Todo cabía en esos párrafos que le resultaban mágicos, en esos versos que tanto resumían. A los pasajes de Arvelo le dedicó horas enteras, reteniendo las palabras como talismanes. A su lectura desmedida bajo el bambusal debo la única página que de la abuela Victoria, escrita de su puño y letra, ha llegado a mis manos. Son seis versos escritos detrás de una foto de Raquel que su hija mantuvo en la mesa de noche hasta el día de su muerte.

Esa foto la tengo entre mis manos y cada vez que quiero revivir la estampa de la abuela leo esos versos como si ella fuese la que los estuviera leyendo:

> *deja que el sol mañanero*
> *sobre los cardos reluzca,*
> *y que la estrella traduzca*
> *la honda sed del caminante*
> *que encontró en la arena errante*
> *aquello que nadie busca.*

Encontrar en la arena errante aquello que nadie busca... Trato de imaginarme el momento en que su mano temblorosa escribe esa frase, frase que leyó como la síntesis de su suerte en vida, y siento a la abuela sentada a mi lado, susurrando los versos que escribo.]

A partir de cierto momento, Zaraza ha debido ser un escenario improbable, discontinuo. El esplendor de la pensión se diluye, los viajeros cambian de ruta, las pestes viajan con los aires que se respiran. Se me hace difícil imaginarme el ocaso, quizás porque nadie lo relata, quizás porque es un recuerdo que todos omiten. Sobre el ambiente empobrecido de calles y plazas, sobre las bodegas y las pensiones, comienza a dibujarse un éxodo silencioso de quien primero husmea el horizonte y luego emigra con sus vástagos. La ambición de toda la familia, por lo que veían en las casas vecinas y los relatos de los amigos, era viajar a Caracas. Las enfermedades, la falta de trabajo, la ausencia de viajeros, la lejanía del mundo, impulsan la diáspora. Pese a sus aires orientales, que la acercaban al mar reposado de Puerto La Cruz por la ruta del norte, Zaraza no se diferenciaba demasiado de los pueblos del llano. Desde los caseríos de Ortiz y Parapara, e incluso desde más allá, la fiebre amarilla y el paludismo llegan como aves quietas, señeras, replicando las muertes que ya han dejado en el camino. Sin percatarse al inicio, la gente se muda al cementerio, con largas procesiones y féretros que llevan niños. Los rostros de las mujeres llevan velos; los hombres cubren sus cabezas con sombreros. Eso que llaman esperanza, en el trato diario, en la conversación de calle, comienza a esfumarse. La gente habla y se cubre la boca, la gente evita encontrarse, la gente no traspasa los zaguanes. Los víveres no se prueban porque no llegan, y si acaso llegan, tampoco se prueban por temor a algún contagio. Las reses se mantienen distantes, las aves de corral se sacrifican. Todos llevan el silencio por dentro, como un soplo, como un pálpito que no pertenece a sus cuerpos.

[*Introito:* Postulemos una imagen de clausura para Zaraza. Calles de polvo en verano, calles de barro en invierno. Una vaca deambula a medianoche por cualquier plaza y desprende los yerbajos resecos de las jardineras. En un banco de madera, duerme su justo sueño el último borracho del botiquín. Las llamas de dos faroles languidecen, con el postrero gas que les queda. Más arriba las estrellas, como cabezas de alfiler, sujetan el manto azul cobalto del cielo. La pereza de las calles es indescifrable: diríase el aire mismo, arremolinado; diríase el hábito quieto de dos transeúntes bajo la luna. Alguien descarga su vejiga contra una pared vetusta; alguien llega con mano callosa de jinete, de tanto apurar a las bestias. En la gran pensión de la ciudad, donde departe don Lisandro, ya no hay tertulias. Allí paraban los viajeros que ahora buscan el surco del Orinoco por otras rutas. Llegaban con el sol encendido en sus rostros, con el polvo del camino, con las mulas cargadas de utensilios y prendas. Las habitaciones de la casona están vacías; la servidumbre escasea. Al fondo del patio central, apenas Trina (la fiel Trina), arrima leña al fogón. Lejos estamos de recibir a los viajeros con jugos de fruta, con caratos que eran la delicia del día. Violeta, Daría y Yolanda deben estar quietas, porque nadie corre por los pasillos, y apenas Madre, reconcentrada, es la que debe estar pensando. Guarda silencio, recato, pero quiere avizorar el futuro. No puede creer en tropeles, en falsas fantasías, tampoco en doña Victoria, que a estas alturas no sabemos si existe. Quisiera prenderse de la falda de su madre, escucharle los cuentos que son de los viajeros, saber de la gran ciudad. Tiene que ser paciente, llevar el fardo que nadie puede llevar, y ser hacendosa como su madre difunta. Cuenta todavía las latas de la alacena, busca agua en el pozo, extiende las pocas sábanas recién lavadas al sol. Tiene a sus hermanos, ocultos en las habitaciones; tiene a su padre don Rafael, sin poder lucirse por las calles; tiene a Trina (la fiel Trina) como único apoyo; y tiene como herencia de la madre a María Chacín, su única tía conocida, desprendida de este mundo, y para colmo arisca, despelucada y hasta bizca. Quisiera acomodar las sillas bajo el bambusal pero no puede, quisiera recibir a don Lisandro pero no existe, quisiera escuchar las discusiones pero no brotan de ninguna fuente. Si tan sólo pudiera ver a su madre, de tardecita, leyendo los versos del poeta Arvelo; si tan sólo pudiera adivinar sus labios mientras recitan; si tan sólo le devolvieran el rostro también lozano de quien en Zaraza tenían como la mujer más hermosa, más distinguida, a pesar de la prole invisible que la seguía, pequeños cadáveres tomados de la mano como los que ahora el pueblo llevaba al cementerio.]

Si me piden una fecha, diría que la familia llega a Caracas en 1933. Es una fecha borrosa, que no podría confirmar, pero es la cifra que sobrevive. Llegaron por etapas, por oleadas, unos como vigías y otros en la retaguardia, incluido el abuelo Flores. Hay una primera casa en la esquina de Santa Bárbara, que replica el orden de Zaraza, donde estamos todos. Veo el patio, veo el amplio zaguán, también los numerosos cuartos, y hasta unos corrales al fondo. Mis tías son las primeras, trilogía imperturbable, y llegan muy jóvenes: Violeta, Daría y Yolanda, en ese orden, entrando por la gran ciudad, admirando la vida en las calles, entendiendo las cuadrículas, viendo más vehículos que mulas. Años después viajaría Guillermo, recién graduado de bachiller, presto a iniciar sus estudios de medicina; luego Rafaelito y Armando, el mayor con el menor, reacio el primero y curioso el segundo; y por último, después de varias tentativas, el abuelo Rafael, a quien Madre debió convencer casi a la fuerza. Para una jornada posterior, porque el esfuerzo la dejaría exhausta, guarda a María Chacín, recluida en su cuarto de pensión bajo los cuidados de Trina.

¿Cómo vivían la gran ciudad quienes hasta hace poco llevaban los hábitos zaraceños? Pues buscando a los que también habían huido. Las tías sabían de los Grisanti, de los Morales, de los Itriago, de los Cañizales. Los más pudientes vivían en Los Chorros; los menos, en Plaza Bicentenario. En esas familias dispersas, con pasado vivo, Violeta, Daría y Yolanda tenían a sus amigas, y no tardaron en visitarlas y frecuentarlas, hasta que el propio pulso de la ciudad las fue llevando por otros senderos. Unas extirparon a Zaraza de sus mentes; otras la llevaban en un costado del corazón. Quienes recordaban los orígenes, imagen que renace entre polvos, no saben si el sentimiento es de extrañeza o melancolía. Para los hermanos Flores, quedaban algunas ramas extraviadas, parientes lejanos de Victoria, y quizás por ello, en los primeros años, viajaban cada cierto tiempo de vuelta, aunque el trayecto fuera tortuoso y agotador. No se sabe lo que buscaban en esas venidas, porque los parientes siguieron siendo lejanos, a no ser que ciertas amistades, los días de escuela o algún baño de río los atrajera sin fuerza alguna. Dejar la pensión, de manera definitiva, había sido una decisión de Raquel, tomada a solas después de la muerte de su madre, pues pensión y madre, finalmente, eran un concepto único, indisociable. Más pudo esa muerte, la de Victoria, buscando a sus críos en su cielo particular, que las propias de Zaraza bajo el manto del paludismo. Ese cuerpo ido, esa presencia desvaída, esa lozanía perdida, en verdad cerraban una etapa y abrían otra que era más bien una incógnita. Madre lo sabía, Madre debía tejerles un futuro a sus hermanos y temblaba, temblaba porque todo en ella era desconocimiento, pérdida, aventura. ¿Dónde estaría Victoria, su señora madre? ¿Desde dónde la estaría viendo, si es que acaso la vería? ¿Qué significaría la gran ciudad para sus hermanas traviesas, infantas que apenas salían del cascarón? ¿Qué hacer con Rafaelito, el más obtuso de todos? ¿Cómo llevar a Guillermo a buen puerto, que parecía el más dedicado a sus estudios? ¿Cómo contener a Armando para que la bohemia y el desvarío no lo atraparan para siempre? Raquel permanece en su cuarto de pensión, preferiblemente de noche, y llora. Llanto seco, se entiende; llanto contenido, que no moja nada. Las lágrimas, si se puede hablar de tales, van por dentro; pueden ser saliva o mucosa, hiel o sangre. No bañan porque bañan todo, no existen porque ocupan todo el cuerpo de Raquel.

Si Guillermo fue el más disciplinado de todos, hasta convertirse en médico, de los otros no puede decirse gran cosa. En Zaraza, debemos reconocer, prácticamente no había escuelas. Madre iba a una muy pequeña, que era paga, por insistencia de doña Victoria. La atendían dos o tres maestras, y le enseñaban cosas elementales: castellano, aritmética y algo de ciencia. De allí salió con buena caligrafía, lo que se tradujo en tabla de salvación para el resto de sus días. Los números se le daban muy bien, quizás porque a don Rafael también se le dieron, y nadie podía venirle con cuentas que ella no reconociera, ni en la pensión ni en los negocios posteriores. Las hermanas, en cambio, fueron bastante iletradas. Yolanda, por ejemplo, tenía una escritura muy pobre, al punto de que su propia conversación se volvía escasa; Violeta y Daría tampoco se distinguían demasiado. Se hace difícil de entender que el abuelo Flores, hombre elegante, que quiso cultivar las buenas maneras, se despreocupara tanto por la educación de sus hijos, llegando a establecer entre ellos diferencias irreconciliables. Cada uno era muy distinto del otro, como si provinieran de orígenes diversos. Ya residenciadas en Caracas, pese a los esfuerzos de Madre, a Violeta, Daría y Yolanda se les hacía difícil retomar las clases, cualquiera que fuera: ya estaban mayorcitas para eso y era penoso reconocerlo. Esta constatación la recibió Raquel como una primera derrota, en silencio, o como la primera falla frente a los designios de su madre, quien hubiera querido ver a todas sus hijas bien instruidas y mejor casadas. En la ciudad creciente, que se iba modernizando a fuerza de conocimiento, la trilogía Flores comenzaba a ser una rémora, un obstáculo que todos iban dejando de lado, incluso las amigas zaraceñas. Madre también las veía de reojo, con angustia, pero al percatarse de que eran sus hermanas menores y de que tendría que mantenerlas de por vida, para compensar las fallas, se dedicó a estudiar como pudo, saltando de un curso a otro, devorando manuales y dejándose asesorar por amigos en los saberes más variados. Su pulsión de vida, su curiosidad a toda prueba, la hicieron superarse día tras día, manteniendo un espíritu emprendedor que todos reconocían. Pero ese impulso, que era también derivación del deber, le fue restando lozanía, frescura, y llegó a endurecerla en el trato y en los mandatos. Esa reciedumbre también la tuvo ante los hermanos, en algunos casos para enderezar conductas, en otros para tratar de evitar lo que finalmente resultó inevitable, obligándolos a obedecer cuando no querían o a asumir oficios que rechazaban. Por encima de todo, Madre respondía a un instinto de supervivencia, en el que agrupaba a todos los suyos, aunque no se dieran cuenta. Si alguno llegó a ser feliz, esto fue a costa de la amargura de Madre; si alguno llegó a superarse, esto trazaba cicatrices en ese cuerpo que se desinflaba hasta volverse enjuto. El carácter de Madre, por demás legendario, añejado en la diatriba diaria con los hermanos, tiñó sus relaciones de amistad, su propia relación de pareja y hasta el trato con sus hijos y nietos. La obsesión ciega por superarse, un latido que Victoria había puesto a correr por esas venas, la fue convirtiendo en una extraña, una extraña que pudo llegar a ser odiosa o distante, pero a la que todos se debían.

De los ochos sobrevivientes, decíamos, falta una en la cuenta. Es una figura que se esfuma, de la que nadie quiere hablar, quizás porque constituye un luto más cercano, menos anodino, y todos la siguen viendo. Es una mujer, de nombre Carmelina, a quien según el recuento siempre imagino en una dormilona blanca, recién levantada. Hay quien dice que fue la mayor de todos los hermanos, primogénita de Victoria; hay quien admite que estuvo entre Rafaelito y Raquel, mediando entre dos caracteres opuestos; y hay quien aclara que más bien nació al año de haber nacido Raquel, lo que las volvió inseparables: Raquel, sin duda, era la que más la lloraba, la que más la llevaba por dentro. No tener su orden preciso en la secuencia ya es indicio de que el personaje se volvió fantasmal, un ánima que flotaba sobre la pensión. Cuentan que su belleza era proverbial, nívea, corrosiva. La había heredado de Victoria, por supuesto, pero a diferencia de la madre, a partir de un punto, comenzaba a dejar de ser física y se convertía en un efluvio, en un aroma que se metía por todos los pasillos de la pensión. Los viajeros así lo sentían y enloquecían hasta saber el origen. Pero el origen quedaba oculto, recluido, porque Carmelina no salía de la habitación, salvo en muy rarísimas ocasiones. Todo se lo llevaban al aposento: el desayuno de las mañanas, siempre en bandejas de mantelitos bordados; la ropa que nunca se ponía; los regalos que algunos viajeros, encandilados, le traían desde destinos insospechados; el té de las tardes con las galletitas que hacía Raquel. Y si se trataba de visitas, de acuerdos, de tener un ápice de su vida, sólo Raquel entraba a esa habitación en ciertos momentos del día. Cuando Carmelina dormía la siesta y, luchando contra la modorra, se despertaba inquieta, le gustaba encontrarse a Raquel, con las manos sobre las rodillas, sentada en una silla de cuero que estaba al lado de la cama, esperando a que ella regresara del sueño para encontrarla de buen ánimo. Justo allí, cuando la tarde mediaba, podían conversar. Raquel preguntaba, con delicadeza, y ella contestaba a punta de monosílabos, sin mirarla a la cara. En ocasiones, dependiendo de la intensidad del ocaso (ella buscaba con sus ojos las manchas de luz sobre las paredes), le tomaba la mano a Raquel, siempre sin verla, y se la sobaba con la yema del pulgar. La escena podía verse como el claustro de una doncella lánguida, quizás moribunda, a quien una enfermera discreta le tomaba el pulso.

De salir, lo que se llama salir, se rescata una sola escena, y ocurre durante las tertulias, escogidas al azar, quizás por la devoción secreta, incomprensible, de Carmelina por don Lisandro. Ciertas tardes, siempre inciertas, Carmelina acudía a las tertulias, pero nada de atravesar el patio y sentarse bajo el bambusal, junto a los viajeros, lo que podía ser motivo de rebelión. La escena la muestra más bien saliendo de su aposento (o más bien dando tres pasos) hacia un balconcillo que se proyectaba sobre la terraza. A una altura de tres metros, desde el flanco de la casona reservado para los familiares, y enmarcada por una trinitaria florida que escalaba enredada desde los bajos suelos, Carmelina se sentaba a lo lejos, imperturbable, para escuchar a don Lisandro. No le interesaban los prolegómenos de los viajeros, siempre prescindibles, sino esa intervención de cierre, ponderada pero incisiva, con la que el maestro larense recogía lo mejor de la discusión y extraía una especie de moraleja. Esa moraleja, apenas escuchada, la pescaba Carmelina asintiendo con la cabeza y se la llevaba de vuelta al aposento como el aprendizaje del día, como si ese extraño combustible la animara a afrontar las próximas penas. Las tertulias, sin embargo, se desnaturalizaban, porque al ver los viajeros a Carmelina, envuelta como una santa por la trinitaria, o al olfatear, pero aún, su fragancia indescriptible, las miradas de los visitantes, en el cierre esperado, con fanfarria incluida, no se dirigían a don Lisandro, expectante, sino a su principal oyente, la niña Carmelina, generalmente con la dormilona blanca del día. En parte por ello, en una tarde que escojo al azar, Raquel está a su lado, esperando a que despierte, para decirle, lo más dulcemente posible, que con dormilona no, que con la tela que transparente no, que con los viajeros no. Y ella, sin entender, mientras se recoge el pelo en un moño sostenido por su brazo izquierdo, pata retráctil de garza blanca, replica que sí, que con dormilona sí, que los viajeros no merecen prendas y que, en definitiva, ella no ha salido ni piensa salir de su cuarto. «A don Lisandro —corta a Raquel de plano—, sólo desde el balconcillo, que es como decir mi cama».

He querido recrear el rostro de Carmelina, como por retazos, pero con lo que obtengo no alcanzo a verla. De niño me hablaban siempre de ella, pero a partir de un momento, que no logro descifrar, todo es silencio alrededor de su figura, como si nunca hubiera existido. Los tíos dejan de mencionarla; Madre lleva un luto severo; los viajeros se enteran consternados. Dicen que Irma Felizola, su única amiga de infancia, quien terminará casada con el general Medina Angarita, se lleva el relato pormenorizado de su muerte, quizás porque viajaban juntas, quizás porque la lloró en un encierro que duró meses. Con los años, sin ser ya la fiera adolescente que enloquecía a los viajeros desde el balconcillo, se le veía más a menudo, en ocasiones puntuales. Si atravesaba el zaguán de la pensión, sin falta, era para visitar a Irma, en cuya casa pasaba días enteros, sin que Raquel se preocupara. Hablan de un patio central, a manera de cuadrícula, con los cuartos circundantes, de un verdor espléndido, que generaba un frescor inusitado para Zaraza, incluso en horas del mediodía. Allí, en medio de helechos, bromelias y orquídeas, con un árbol de tapara en el centro, que mantenían siempre podado para que creciera hacia los lados, cargado de frutos que la servidumbre vaciaba para convertir en pajareras y atraer a una fauna alada, imprecisa, que durante las tardes y los amaneceres armaba un jolgorio de miniatura, las amigas queridas pasaban horas, en sendas mecedoras, hablando de los pocos temas que en Zaraza se podían hablar, o quizás guardando silencio mientras la tarde languidecía. En ese mismo patio, con algo de dolor, se ha debido abordar la próxima partida de Carmelina hacia Caracas, siguiendo los dictados de Madre. Y como Carmelina no quería saber nada de trayectos, viajes o grandes ciudades, se refugiaba en casa de Irma, dando así a entender que si sus hermanos abandonaban la pensión ella tendría dónde quedarse. A Madre no le quedó más alternativa que hablar con Irma, a solas, y convencerla de que acompañara a Carmelina en ese viaje tan ingrato, e incluso que permaneciera en Caracas por unos días mientras su amiga reconocía los espacios y el paisaje. Así, con treinta años exactos, acompañada por su amiga de infancia, Carmelina pone el pie en lo que parece el pescante de un carruaje y sube junto a Irma al espacio reducido, con cortinajes, que la aislará de las pobres visiones del camino. El cuarto andante, con ventanillas a ambos lados, hubo de limpiarse de la manera más pulcra, aislando cualquier pelo de caballo, cualquier mota de polvo, para que las telas blancas, iguales a las de su dormitorio, pudieran acogerla sin generar mayores diferencias. Carmelina va como una virgen, inmaculada, sin detenerse en ningún recodo del camino, rumbo a Caracas. Carmelina va sin avistar ningún paisaje, ninguna laguna para las bestias sedientas, con los cortinajes cerrados.

Carmelina conversa con Irma, tratando de ser natural, pero finalmente va aprensiva, sobre todo cuando le toma las manos y, sin darse cuenta, se las deja marcadas con las suyas. Entre Zaraza y Caracas, sin contar las leguas, sin contar las horas, Carmelina no probó bocado. Llevaba solamente las galleticas de Raquel, envueltas en un pañuelo bordado. No soportaba ver las manos sucias de los labriegos, no soportaba el hedor de las bestias, no soportaba el aire afanoso de los campos. Tan sólo las galleticas y un poco de agua, pues con todo lo demás sentía asco, arcadas que trepaban por el abdomen. Su salud mermó en horas, borrando la lozanía de su rostro, dejando reseca su piel. Irma llegó a acuñar una frase que todos repiten desde entonces, que dice «Carmelina Flores murió de mengua», prematuramente, en un viaje que la alejaba de Zaraza. Entre el polvo de los caminos y los zanjones, se detuvo su belleza.

La imagen de Rafaelito en Zaraza se desvanece. Como primogénito que era, debía haber estado más cerca de su padre, quien no ocultaba su predilección por Guillermo. Quizás por ello, por ese ventajismo que lastimaba, se fue apartando a los rincones, a las sombras, desde donde veía el mundo. Ni siquiera las tertulias, que en un principio lo entusiasmaron, fueron al final de su interés. Sí hay rastro de una relación más estrecha con la trilogía (Violeta, Daría y Yolanda), a quienes consentía con gestos y regalos extraños: un caparazón pulido de morrocoy, pepas de zamuro, algodón crudo proveniente de Guárico. En la dinámica de la pensión, terminó siendo un mandadero, que cuando no tenía nada que buscar sin embargo se lo inventaba para estar lejos de la familia. En esas aventuras, atravesando calles y llegando hasta la periferia, todo podía ocurrir. Si la pensión, digamos, podía ser una huella civilizatoria y hasta cosmopolita (viajeros van y vienen), Rafaelito prefería los mundos anteriores: los llaneros errantes, los labriegos, los pistoleros que huían de otros pueblos. Sus intereses, su atención absoluta, eran captados con gran facilidad por curanderos, masajistas, mujeres que leían el tabaco y hasta capataces que llevaban o traían ganado en medio de cantos de arreo, proferidos a capella. De todos esos intercambios, surgían los regalos para la trilogía, que esperaba ansiosa, ya sea por regusto o temor a la sorpresa. Sin embargo, muy en el fondo de sus ires y venires, yacía irresoluta la tensión con Madre, quien lo superó desde el primer día con determinación y prestancia. El destino que se reservaba para Rafaelito, finalmente, fue ocupado por su hermana mayor, predilecta de Victoria. Así, Madre con su don de mando natural, con sus buenas maneras, fue borrando de la escena a Rafaelito en la medida en que le encomendaba o lo responsabilizaba por cosas menores, cotidianas. Y él, que en primera instancia obedecía sin pestañear, sólo reaccionaba cuando ya era tarde, cuando se encontraba en medio del acto, sintiendo que todo lo que hacía era intrascendente. Regresaba entonces a la pensión malhumorado, burlado, cosechando contra Raquel un lento odio que no tenía origen ni desembocadura. No se atrevía a reclamarle porque no encontraba causa, no levantaba la voz porque doña Victoria se la rebajaba. Iba añejando un goteo de bilis que terminó esculpiendo su figura quijotesca: alargada, desgarbada, sin clase. Por eso se refugiaba bajo el manto de la trilogía, al saber íntimamente que como Madre sufría por saberlas dependientes de ella, bien podía anteponerse para aparecer como redentor, como gran benefactor. El tiempo que Madre no les daba a sus hermanas dispersas, se los devolvía multiplicado Rafaelito con aventuras, hallazgos y relatos del antiguo país, ése que comenzaba a correr cuando la añeja cuadrícula colonial de Zaraza se desfiguraba para convertirse en campo, matorrales y reses pastando.

Cuando ya todos los Flores estaban en Caracas, la imagen de Rafaelito se hace más nítida. Al comienzo estuvo en el mismo hogar, incluso acompañó a Raquel en la fábrica de chocolates, pero más temprano que tarde monta tienda aparte y se distancia de la familia, a quien frecuentaba cada vez menos. Si visitaba las sucesivas casas que se fueron fundando desde el centro de la ciudad hacia el este, no era tanto para ver a Raquel como a la trilogía que cada vez lucía más desahuciada. La estampa que retengo es la de un hombre mayor, ya muy alto, serio y de poco hablar. Abrazó religiones indefinibles, que lo volvieron austero y por momentos místico, y casó con una mujer muy hermosa, de nombre Rebeca, que pocos conocieron. A sus hijos, que también los tuvo uno tras otro, les puso nombres bíblicos: Moisés, Daniel, Samuel, Raquel, Rebeca, Esther y Elisa. Y con ellos, su inmediata descendencia, que no con sus pares, fue muy familiar, muy constante, muy amoroso. Lo que no pudo construir hacia los lados, según dicen, lo construyó hacia abajo, a punta de trabajo y constancia, valores que todos sus hijos replicaron. Con Raquel, sin embargo, la distancia fue insalvable, aunque hay quien afirma que al final de sus días, ochentones ambos, y memoriosos también, Rafaelito la comenzó a visitar en la última de las casas, la de San Bernardino, siempre muy de mañanita. Llegaba entre seis y siete, se metía por la puerta trasera hasta la cocina, y esperaba a que Raquel, todavía somnolienta, le colara un café. Conversaban cada vez unos diez minutos, de temas que nadie adivinaba, y enseguida Rafaelito se levantaba y retomaba su rumbo. Diez minutos, pensábamos, era poca cosa, pero al cabo de los días, los sucesivos trozos podían sumar todo un relato de vida, o un ensayo de concordia, o un perdón.

Rafaelito y Raquel dejaron de hablarse en pleno esplendor de la fábrica de chocolates. Él estaba a cargo de las ventas, de la distribución, que en esa época se hacía a pie o en carretilla, dependiendo de los pedidos. Dicen que un día se hartó de vender y se marchó, sin más. Al poco tiempo, se supo de un negocio que junto a su esposa Rebeca y su hijo mayor Moisés montaba en una pequeña casa de Monte Piedad. En sus múltiples andanzas, supuestamente en las faldas del Ávila, dicen que dio con la semilla de un árbol extraño que comenzó a triturar, macerar y procesar. De allí extraía un líquido viscoso, muy oscuro, que con añadidos iba convirtiendo en jarabe, e incluso en cápsulas cuando el primero comenzó a agotarse. A la invención o remedio le puso como nombre Amargón, que luego patentó. Parece que era efectivo para contrarrestar ciertos males, entre ellos la diabetes. Un frasco de Amargón, siempre envuelto en una bolsa de papel, era lo que le llevaba a Raquel, a escondidas, en sus visitas mañaneras de diez minutos. Rafaelito descubría, quizás un poco tarde, que su hermana había contraído diabetes y que nada represaba ese acoso. Tan sólo el Amargón, con sus cucharadas puntuales, le evitaba los mareos, los cansancios súbitos, y la hacía creer que todavía tenía energía para llevar el orden de la casa y regañar a sus hermanas, desdibujadas por el tiempo. El Amargón se siguió produciendo en la casucha de Monte Piedad hasta que Moisés, repentinamente, con apenas treinta años, muere de un arresto indescifrable. Rafaelito lo llora, con la intensidad con la que los padres pueden llorar a sus hijos cuando se les van por delante, y siente que el negocio se le viene al suelo: no tiene ánimo ni empuje ni ideas para hacerse cargo de la pequeña planta. Surge entonces una Rebeca decidida, con la belleza a rabiar, quien con una de las hijas pequeñas, Elisa, centro de la devoción de Rafaelito, quizás porque en ella reconocía una prestancia semejante a la de Raquel en tiempos de pensión, asumen la conducción de las líneas artesanales y mantienen las cuotas de producción. Con criterio y pulso —Rebeca envejeciendo y Elisa volviéndose matrona—, por muchos años madre e hija produjeron Amargón, que de yerbaterías y pulperías pudo saltar a boticas y farmacias. Se dice, no sin razón, que gracias a esa semilla enjuta, indescifrable, que sólo Rafaelito sabía macerar, todos sus descendientes sostuvieron sus vidas e incluso la de sus hijos. El Amargón dio para mucho más de lo que Rafaelito hubiera imaginado.

[*Introito:* Rafaelito camina por algún sendero del Ávila. Es un hábito recurrente (su hábito). Sube hacia Los Venados, intuye a Galipán, pero en los últimos tiempos remonta más bien las faldas del pico Naiguatá. Va Rafaelito con una hoja reseca de frailejón que le cuelga del cinto; va con correa de cuero marrón; va con pantalones caqui y camisa arremangada también caqui. Un labriego (Rafaelito), como los que veía en las extremidades de Zaraza. El sombrero es de estricto pelo de guama y lo preserva desde los tiempos de la pensión. Manosea el sombrero, una y otra vez, una y otra vez. Las alas laterales ya van torcidas, como hojas secas de tabaco, y apenas el ala anterior proyecta algo de sombra sobre su cara, hasta dibujarle una línea de sudor que calza a la perfección en la estría superior de la frente. La estampa de Rafaelito: ojos entre grises y verdosos, que ven hacia ninguna parte; cuero color oliva por piel; manos de dedos largos; zapatos de suela gruesa, invariablemente negros; los brazos retráctiles (como de zancudo); un apetito escaso bajo los sorbos mañaneros de café. Su paso es lento pero firme. Amaga en los recodos del camino para detenerse y mirar hacia la cima. Es frecuente que a la altura de Quebrada Quintero se moje el rostro sudoroso con agua muy viva. Sobará con el dedo anular el musgo de las lajas húmedas y esa crispación tenue, como de cepillo corto, le parecerá infinita. ¿Qué busca Rafaelito yendo hacia la cima del Naiguatá? «Los habitantes de Júpiter –decía siempre al despedirse– son vegetarianos».]

En la pensión Guillermo no existe, no se hace sentir. Sabemos que es el predilecto de don Rafael, sabemos que lo acompañaba en sus caminatas, pero no hay una imagen precisa que lo retrate. Esos recorridos del hijo que va por las calles sedientas a la par del padre elegante, ¿quién los retiene? Prefiero volcarme a la pensión e imaginarlo estudioso, atento a las tertulias. Don Lisandro cierra con una sentencia o una moraleja y allí debe estar Guillermo, copiando esas frases en un cuaderno. Con los viajeros podía ser incisivo, locuaz. ¿Venían del Orinoco o iban hacia allá? ¿Cuál ribera preferían para hacer el cruce: en Angostura pese al peligro dormido de las lajas o en Barrancas con su tropelía de peones inciertos y niños mugrientos? Sobre las mulas, detallaba las herramientas ferreteras, las cajas de madera oscura donde podían reposar vinos, los trajes parisienses para las damas caraqueñas. Por el delta, sabía Guillermo, entraba más moda europea que la que llegaba por La Guaira: bastaba apreciar los ropajes de las damas de Angostura para saber que los sastres italianos imaginaban, con un océano de por medio, los cuerpos de las guayanesas. Primero fue entender el origen de las mercancías: las herramientas pasaban por Hanover, los vinos por Le Havre, las aceitunas por Sevilla; pero luego fue reconocer que los zapatos caminaban desde Milán, los corsés desde París, los velos desde Córdoba. Un descubrimiento inusitado, que lo marca de por vida, fue hallar en el costado de una mula, ancha alforja de cuero, un manual de anatomía. El libraco era pesado, robusto por las muchas hojas, y en cada mínima porción de papel surgía un diagrama o una viñeta. Sin pedirle permiso al dueño desconocido, hipnotizado por las interioridades del cuerpo humano, raptó a esa criatura viva y se fue a saborearla bajo la sombra del bambusal. Descubrió las concavidades gemelas desde donde miran los ojos, supo que cuando sonreímos en verdad somos calaveras, entendió que las orejas son el simulacro de unas carnosidades retorcidas. Los músculos lo maravillaron, la extensión del fémur le pareció infinita, el lugar del corazón lo intuyó proverbial. Al ver el viajero dueño del libro que el infante Guillermo se deleitaba ante lo que parecía una segunda vida, le dejó la prenda entre las manos, le rozó con dos palmaditas los hombros y le hizo ver a Madre, sentada a lo lejos, que en manos de su joven hermano legaba un regalo infinito.

Aquel manual de anatomía fue la simiente que convirtió a Guillermo Flores en médico. De los últimos en dejar Zaraza, quiso ser fiel a sus viejos profesores y concluir el bachillerato entre la polvareda. Unirse a la familia migrante no era tan importante como abrazar la carrera universitaria. Y ya en Caracas, me parece estarlo viendo aun con su boina negra, estudiando en grupo, madrugando entre libros abiertos y láminas colgantes.

Sus amigos fueron diversos, todos pichones de médicos, enjambres susurrantes que se movían de casa en casa, donde tocara, aplicándose como podían y desvelándose cuando se trataba de exámenes finales. Por qué se exigían tan a fondo era un verdadero misterio. Parecían figuras tomadas por un espíritu invasor, que los convertía en una soldadesca, sólo pendientes de aprobar los cursos y de destacarse frente a sus profesores. Al igual que el primer manual de Zaraza, todos sus libros de texto fueron en francés, un idioma que machucaba entre los dientes, con fuerte acento hispanizante, pronunciando términos que nadie corregía. Músculos y huesos, de pronto, se convertían en sonoridades extrañas, indescifrables, que terminó llevándose a la tumba como un código secreto.

Guillermo se fue distanciando de manera natural: no era la indiferencia; era más bien el conocimiento. Sencillamente, en el seno de los Flores, comenzaba a convertirse en un ser superior: sus amistades, sus temas, sus elucubraciones, ya no las podía compartir con la familia. Madre se daba cuenta y le ofrecía un manto de protección. Era como decirle: no bajes a estos estadios que tú con los tuyos tienes. Los amigos, los otros círculos familiares, horadaban en su ánimo y lo transformaban. Otros zaguanes, otros patios, otras maneras y, sobre todo, otros tratos de gente elevada, lo terminaron seduciendo. Sus sentimientos hacia la familia fueron mudándose de sitio, saltaban del corazón a la comprensión, y hacia el final aquello era una masa indisociable donde apenas el médico intervenía cuando era consultado sobre dolencias o pesares. El pesar, según lo sentía, era de su exclusiva propiedad: saber que esa rémora, los suyos, estaba condenada a una vida sin significación alguna. Curar, para él, era la extensión de un oficio que no pudo aplicar a los muertos en vida.

Entraba por el zaguán, caminaba por los corredores, y se iba al fondo, donde tenía su habitación, a estudiar durante todas las horas que le faltaran al día. El mismo peso de los estudios era la excusa perfecta para no hablar con nadie, para reducir los compromisos al mínimo. Sólo con Madre, vigilante, guardaba cierta precaución: sabía que ella posibilitaba todo, desde los libros hasta los trajes, pero también sabía que ella lo impulsaba para que huyera de allí, de esa trampa, ansiosa de viajar con él y de dejar a la trilogía de su cuenta. Madre lo veía de manera apacible, siempre amable, porque él encarnaba un deseo. Que estudiara como un obseso, que llegara con amigos, que amanecieran en la sala leyendo y fumando para no decaer, la llenaban de una extraña alegría, que sólo ella descifraba: Guillermo era el niño de sus ojos.

Si bien Guillermo vivió en las sucesivas casas de Caracas, siempre en el cuarto del fondo, como un sirviente más, su desprendimiento final vino cuando se casó con Maritza Mayorca. Fue un matrimonio si se quiere tardío, a comienzos de los 50, que Guillermo dilató como pudo para que el enamoramiento fuera más profundo. Llevó al altar a una mujer mucho menor que él, pero que al ser más alta lo hacía ver como un bollo mal amarrado. Maritza era muy atractiva, de piel lozana, de modales delicados. Durante los años de noviazgo, que fueron muchos, no habló de la prenda que exhibía en sus circuitos, pero ya con fecha para la boda se tomó la molestia de llevarla a casa para que Madre la reconociera y la terminara admirando. Maritza era, en efecto, el primer símbolo concreto de la caraqueñidad que entraba en la familia. Escucharla hablar, con las vocales redondamente pronunciadas, sin arrastrar ni pegar palabras, era un acto para guardar silencio. Guillermo hubiera querido que la trilogía no saliera al recibo, que siguiera presa en su cárcel, pero fue inevitable que Violeta viniera a sobar y Yolanda a dar alaridos de emoción. Con todo y fauna presente, Maritza mostró sus hábitos de dama antañona y las hizo sentir como reinas: si eran hermanas de Guillermo, proclamaba, amor merecían. Madre no hablaba al ver su traje, sus collares, su peinado con dos calabazas sucesivas, su carterita como un artefacto pegado a su muñeca delicada. La manera en que se sentaba, en que juntaba las rodillas, en que mostraba la diagonal perfecta de sus piernas, colocando la carterita en el regazo, cortaba el aliento de las fieras. Nadie imaginaba que Guillermo merecía un trofeo de semejante tamaño y, sin embargo, él lo rodeaba con la seguridad del toro que ya sufre con la banderilla clavada en los costados. Tanta hermosura encumbrada, aunque parezca mentira, vivió con Guillermo por unos meses, recién casados, en la última de las casas, la de San Bernardino, que era como mostrar el mejor botín logrado por los Flores en sus años de existencia. Pero al poco tiempo, cuidando de que Maritza no se agotara con el desparpajo de la trilogía, huyeron para un apartamento que no quedaba lejos. Allí se instalaron como dos tórtolos y fueron teniendo a sus hijas: María Elena, María Beatriz y María Fernanda, que fueron dulces y bellas, altas todas como la madre, aunque variables en carácter. Las siguientes mudanzas fueron determinadas por las consultas de quien terminó siendo un reconocido pediatra, que saltó del Hospital Clínico al Hospital de Niños y de allí a la Clínica Sanatrix, recién fundada en las afueras de Caracas por un grupo de médicos amigos. En esos predios trabajó incluso hasta después de su jubilación, con dedicación ciega. Ha debido morir con la bata blanca puesta y el estetoscopio colgándole del cuello: no guardo otra estampa para ese desenlace.

[*Introito:* Guillermo, sí, Guillermo bonachón. Tez redonda, rostro moreno, frente estriada. Sus ojos tienen el fulgor del caramelo; su cuerpo siempre desvaría. Si me piden una impresión remota, diría que el hombre viene enfundado en un paltó gris plomo. Médico a la fuerza de la familia, quiere curar siempre a los otros. Su rutina no supera el estetoscopio que lleva como collar ni la bata blanca de bolsillos anchos que sobrenada por encima de su facha de estudiante. Guillermo es la inversión del extravío: ve a sus hermanas de reojo (aunque las quiera). ¿Hereda este benjamín aventajado la elegancia quieta del viejo Flores? Se diría que hasta cierto punto. No llega a la exhibición cotidiana del chaleco de rayas tenues ni al clavel en el ojal de las mañanas, pero admitamos que sí se aproxima. Del galanteo del padre, hasta ocioso con las jóvenes de Zaraza, guarda el hijo tan sólo algunas figuras. Esa palabrería se ha vuelto interior: navega por sus venas como un coágulo ciego, aflorando con dificultad. Quien pone los votos, quien se desvela, quien mira por esos mismos ojos, es su hermana Raquel, vigía insuperable. No esconde secretos al adivinar sus pasos, al animarlo para que husmee el futuro, al admirarlo desde la mecedora con la que digiere la tarde. Madre cierra los ojos y se consuela repitiéndose las siguientes frases: «Guillermo será el timonel de la embarcación, Guillermo será el pediatra de la niñería inconclusa».]

Con Armando se caían siempre todos los pronósticos: era el más joven de todos, pero también el más díscolo. Podía ser cualquier cosa, pero también podía ser nadie. En oficios, aventuras, personificaciones, era lo más maleable que Zaraza y luego Caracas conocían. Cada uno de sus días se definía mientras transcurría, confiando en que el azar organizara las partes y los anuncios. En la pensión fue sólo un niño, crío que todo lo tocaba y alteraba. No hablaba mucho para entonces, pero con sus actos desdecía lo que cualquier visitante podía pensar de él. En Caracas, concluida la adolescencia, desarrolló una altura considerable, vara espigada que la más opulenta de las dietas no alteraba, pero también se hizo más locuaz, más cuentero, y allí comenzaban los problemas, o la incertidumbre, porque nadie discernía qué era real y qué simple deseo. Era obvio que para él vida cotidiana y ficción se fundían en un solo amasijo, donde nada era distinguible. Un día podía decir que iba para Macuto y terminaba en San Juan de los Morros; otro que cocinaría un arroz con calamares y terminaba con un plátano al horno. Sus comentarios generaban simpatía y temor, todo al unísono, y en ese discurso inventivo nadie intervenía por miedo a que el desvarío fuera mayor. Madre era ya experta en intuir por dónde podían venir los tiros: sabía leer sus palabras, aislar sus señales. Él lograba exhibir una sonrisa ancha, más para sí mismo (para sus invenciones encarnadas), que para los demás. Solía ser amable, cortés con las damas y especulativo con los caballeros. Sus hazañas eran irrepetibles porque variaban en función de los interlocutores. El mismo relato podía sonar distinto, con variantes, dependiendo de la oreja que le tocara ese día. Las dosis de horror o de incredulidad podían alterarse si necesitaba que su interlocutor huyera o permaneciera con él toda una tarde. Del encanto podía pasar a la zozobra; del brillo en sus ojos, al olvido perfecto.

En su adultez, Armando se topaba con una Madre ya cansada. Su conducción briosa, su vigilancia desde los tiempos de la pensión, que generó el apartamiento de Rafaelito, la concentración de Guillermo y la dispersión de la trilogía, se extinguía lentamente y sólo le dejaba en el rostro una sonrisa perenne, que parecía flotar más allá de sus facciones. Con un esfuerzo final que casi la consume, temerosa de que los desvaríos de Armando terminaran devorados por la trilogía, le impuso al hermano menor un programa de estudios que lo llevaría a Chile para completar un diplomado en mecánica dental. Armando ofreció resistencia mientras pudo, a punta de fábulas alternas, pero al ver que Guillermo le indicaba que los últimos ahorros de Madre se irían en ese esfuerzo no pudo darle más largas al asunto. Se fue molesto, sin despedirse, quizás con la idea de que nunca más retornaría, y no se supo mayor cosa de él durante cuatro largos años. Al regresar, visiblemente cambiado, ya no formó parte del hogar y montó tienda aparte. Se casó con una mujer joven, que pocos conocieron, pero una anomalía se la fue llevando lentamente, hasta que un día amaneció cadáver en el mismo lecho en el que tanto se habían amado. Armando la lloró a solas, se impuso a sí mismo un luto estricto y recortó amistades. Estuvo dando tumbos, rondando algo parecido a la desgracia, hasta que un día se le presentó a Madre en la casa de San Bernardino y exigió un cuarto. Iba y venía, siempre inestable, quedándose por temporadas; en ello recordaba las piruetas de María Chacín, la hermana solterona de doña Victoria, quien también iba y venía, primero de Caracas a Zaraza, y luego de casa en casa, ya instalada en la gran ciudad, gracias a la bondad infinita de sus viejas amigas zaraceñas.

Lo que pudo salvar a Armando, o lo que lo trajo de vuelta a la tierra, fue el viejo Gabaldón, a la sazón prefecto de Caracas. Hombre pudiente, amable, dicharachero, que más que ejercer un cargo lo detentaba. Vivía por los alrededores de La Pastora, en una casa de fachada amplia, con cuatro grandes ventanales. El viejo Gabaldón había enviudado no hacía mucho y se encontró con otro viudo, mucho más joven que él, a quien ayudó a curar con sus propias recetas. El viejo decía «Armando, vámonos para Altagracia» y al rato salían. El viejo se antojaba «Armando, vámonos para Macuto» y no pasaban cinco minutos para enrumbarse. Así pasaba meses, viajando con el viejo Gabaldón, o incluso instalado en la casona de los cuatro ventanales. Era su amigo, confidente, enfermero, conductor. El viejo lo veía como un hijo, y ya hacia el final, postrado en la cama de sus últimos días, le habría pedido que se mudara del todo, a lo que Armando le habría dicho que sí, que ya estaba con sus atuendos en una de las habitaciones, consciente de que el viejo no podía recorrer la casa ni reconocer sus pertenencias. Mentía para aliviarlo, para darle las últimas alegrías, para verlo sonreír. Una mañana supo por Madre, quien entraba sigilosa a su cuarto de San Bernardino con la excusa de llevarle el primer café del día, que el viejo Gabaldón había amanecido muerto. Se echó al hombro esa urna como si fuera la de su propio padre, y vio cómo la bajaban con amarres a la fosa de piedra. El viejo se iba pero ya su legado había tocado el alma de Armando, para quien esa muerte fue el disparador de múltiples destinos u oficios. Sorprendentemente, volvió a la mecánica dental, que antes aborrecía, para emparejar las dentaduras de propios y extraños. En la azotea de la casa de San Bernardino instaló un pequeño taller, desplegando en manteles de fieltro azul todos sus utensilios metálicos, que a nuestros ojos siempre brillaban de noche. Los consultorios de la capital aumentaban los encargos y él trabajaba minuciosamente con los moldes de yeso, logrando acabados de porcelana. Era absurdo ver las dentaduras sueltas, una tras otra, simulando las sonrisas de quienes todavía no imaginaban lo que iban a recibir. Su maestría fue tal, que llegó a hacer mucha plata, al punto de prestarle a Madre en ocasión de una deuda que no alcanzaba a saldar en la fábrica de chocolates. Cuando Raquel recibió del hermano menor una faja de billetes encintados, comprendió que el viaje a Chile se constituía en una de sus máximas hazañas. En la calle o en las fiestas, Armando podía reconocer si una sonrisa era suya: bastaba ver el brillo, el corte del trabajo, la leve curvatura de un canino, para saber si había salido de su taller. Esa comprobación lo deleitaba, lo aferraba al mundo, en una dicha secreta. Buena parte de la ciudad, de sus damas elegantes, de sus viejos decrépitos, sonreían gracias a su pericia. Poner dientes donde sólo había encías, sembrar de raíz donde ya no quedaban residuos óseos, era una operación milagrosa, y era enteramente suya. Hasta que las sonrisas, de tan repetidas, vivas apariciones fantasmales, lo comenzaron a acosar y él abandonó el oficio para siempre. Se dedicó entonces a la fotografía (no a hacer sonrisas sino a retratarlas), creyendo que con los ácidos del revelado le iría mejor que con los yesos, pero se limitó a cubrir bautizos, matrimonios y sesiones privadas, para los que escasamente contrataban. Por último, vendía sus fotos a algunos periódicos, donde pagaban con desgano. Los tiempos de las dentaduras postizas ya no volverían y con ellos tampoco su sonrisa, opacada mientras se hacía viejo y enjuto. El manto sombrío de los Flores lo recubría y él parecía no encontrar escapatoria.

[*Introito:* Nos subíamos a la azotea, a ver el taller de Armando, preferiblemente de noche y con luna llena. Las calaveras nos sonreían con los dientes perfectos (contábamos los colmillos de oro con cautela). Esos rostros óseos, desnudos, miraban todos hacia el centro del taller (un centro que a veces ocupaba la cama de Armando). Lo veíamos dormir la siesta –posición diagonal sobre el colchón vencido– con la mirada unánime de los muertos y la escena nos suspendía en las ventanas. Subir a la azotea no era fácil: nos obligaba a sujetarnos de una escalerilla enrevesada, a bordear tendederos con ropa por secar, pero lo pescábamos de espaldas, embutido en su bata blanca a medio cerrar, mientras taladraba el yeso con ahínco. Su pasión eran los moldes: moldes que eran bocas, paladares, maxilares desencajados. Ciertas tardes, cuando el polvo del yeso volvía irrespirable el aire del taller, bajaba a la cocina y colocaba un plátano maduro en el horno. «Los plátanos –decía jubiloso– hay que asarlos en su propia concha. Y basta una mínima incisión para que la mantequilla se cuele lentamente». La casa de San Bernardino flotaba entonces en medio de los olores, y todo el vecindario salivaba sin saber por qué.]

[*The Trilogy Statement:*
Barre la bruja Violeta. Barre no; más bien haraganea. La vemos allí, arremangada aunque sin mangas, haciendo amagos contra la tarde dilatada. El agua que empuja con el haragán se agolpa en forma de oleaje momentáneo sobre el granito del patio. Creyendo encarnar una hazaña vespertina, su vida es más bien un pretexto. El sol puede estar en el ocaso, descubriéndole la silueta precaria, pero lo que destacará es el vestido también violeta en el que enfunda su cuerpo. Describamos, sin embargo, el desgano, que no el donaire. Describamos el lento empuje del haragán, el momento en que la lengüeta de goma negra se

topa con la traslúcida película del agua, que es la imagen focal en la que se concentra. Violeta empuña el mango de madera y el esfuerzo parece ser el de dos manos nunca callosas, aunque morenas; nunca marchitas, aunque carcomidas. («Las manos de Violeta –alguien te susurra al oído– son un simulacro»). Y hay torpeza en todo, torpeza que en el origen fue quietud. Violeta haraganea en las tardes porque el sol se quiebra y ella no lo entiende. ¿Habrá alguna manguera serpenteando sobre el granito? Se diría que el chorro, manantial momentáneo, es burdo. El agua surge entonces a borbotones, inundando el patio (ese desperdicio, ese desborde, es el que haraganea Violeta). No vayamos por ello a creer que el vital líquido se emplea para regar las palmas de las jardineras laterales, desordenadas desde el origen; el agua se extravía más bien por las escalinatas, llegando hasta la acera, y luego cayendo en la leve cuneta donde sólo hay piedrecillas. Alerta al visitante: si alguien descubre la calle esquiva como un río, ese caudal es el que deja correr Violeta desde el patio.

Daría de rodillas (siempre de rodillas). Daría avanzando sin penitencia conocida: por el patio, bajo las palmas, hacia la acera, acaso bordeando la calle. Como revive el relato de un terremoto que sacudió a la ciudad y tumbó edificios, cree que de rodillas se camina mejor (con los párpados cerrados, con las mejillas temblorosas). Si acaso decide levantarse, al cabo de unos metros, con las rodillas enrojecidas, será para abrazarse a la primera columna que la casa le ofrezca. Abrazarse estrechamente, se entiende, como si un oso rodeara con su cuerpo velludo la gruesa columna sabiendo de antemano que las garrotas nunca llegarán a anudarse. Un propósito de vida para Daría: juntar las manos del otro lado, anudar esos dedos irregulares, yemas con yemas, nudillos con nudillos. Pero las manos no alcanzan, nunca alcanzan, separadas apenas por centímetros... Consciente de esa pérdida, de esa imposibilidad, cae de rodillas, generalmente en las tardes («la partición de los mundos» –te susurran al oído), y se protege de un posible sismo. Caminar de rodillas es anticiparse a algo, es un signo premonitorio. Daría lo intuye y se deja ir, posesa. ¿Cómo recibe el suelo esa carnosidad irregular que recubre sus rótulas? Nadie se lo puede imaginar: ese espacio ínfimo en el que las piedrecillas dispersas se encajan en el hueso recubierto es otro relato de oscuridad.

Yolanda no tiene cuello. Es bajita y reconcentrada. Es dicharachera. Una sonrisa extraviada define su rostro. ¡Aquellos vestidos ajustados, aquellas carnosidades como retenidas por la tela! Era un quehacer Yolanda, era la inquietud. Un cafecito por las mañanas, de madrugada casi, y otro como a eso de las once, cuando el sol incidía en los cuerpos y calentaba las cabezas. ¿Cuál podría ser el origen de Yolanda? Ella misma lo desconocía. Por eso no se permitía el reposo, para no dejar que las preguntas le tomaran la mente por asalto. Yolanda con un trapo, limpia aquí y allá. Yolanda también con un pañuelo alrededor de la cabeza (un pañuelo que se ataba dejando cabos de tela, nudos gordos que sobresalían). Yolanda siempre de amarillo, como para desentonar, como para no permitirse el extravío. Su abrazo era lento, inclinado: te amarraba con los brazos por arriba mientras separaba el vientre por debajo. Estar y no estar (Yolanda). Estar para no estar quieta, para deambular de la sala al comedor, de los cuartos al bar, de la cocina al patio interior donde cantaban turpiales cautivos. Desprende Yolanda una flor de cayena (la veo siempre desprendiendo una flor de cayena) para sujetársela en medio del desorden de sus cabellos: un punto rojo, incandescente, coronando el amarillo mostaza de su vestido raído.]

Sospecho que Madre se casó en 1928. Es un dato borroso, circunstancial, pero es el que tenemos. Ya para la fecha, claramente, doña Victoria no existía. Su ausencia marcaba una decisión en ciernes, pese a los esfuerzos contrarios de Madre, quien se desvivía por mantener en la pensión el tenor de los años anteriores. Pero si acaso pasillos y patios podían exhibir la pulcritud de los tiempos idos, Zaraza se hundía entre el paludismo y la fiebre amarilla. No se entendía bien que, en medio de la enfermedad, la propia pensión sirviera para la realización de una boda. Fue quizás el último fasto, el secreto acto de despedida. Madre se casaba en la pensión que sostenía, supuestamente para iniciar una nueva vida, pero en el fondo cerraba ese claustro con todas las imágenes demasiado vivas. En unas estaba Daría, que siempre se quitaba la edad ante los forasteros; en otras correteaban Violeta y Yolanda, complementarias hasta donde pueden serlo dos hermanas. Rostros cadavéricos deambulaban por las calles y ya en el zaguán limitaban el acceso, incluso a quienes sólo pidieran agua. Nadie dudaba en emigrar a Caracas, y las hermanas notaban que se iban quedando sin viajeros, sin vecinos, sin amistades. Los Grisanti, los Itriago, los Cañizales, más bien les mandaban señales desde la capital, alertando que la permanencia era un alto riesgo. La danza silenciosa de los bambúes se detenía porque las tertulias ya no ocupaban ningún espacio, y sólo fantasmas vespertinos, que no probaban licor sino café con leche, podían ser vistos por quienes aguzaran la vista o desataran sus deseos. Zaraza se convertía en un espacio tortuoso, sin días de escuela, sin baños de río, sin pulperías donde comprar. Y sólo María Chacín, guardando la ausencia de su hermana Victoria, se constituía en el gran obstáculo. Para ella y su linaje ancestral, todas las penurias se justificaban por el solo hecho de enfrentarlas. Sobrevivir a la enfermedad, plantársele con la frente en alto, era su única, cotidiana obsesión.

Nadie de Caracas vino a la boda, pero al menos la parentela de los Flores y los Chacín, la que quedaba, se hizo presente. Con la decisión de emigrar ya tomada, insisto, no se sabe si el ritual fue de celebración o luto. En ausencia de Victoria, quien hubiera visto el ceremonial con la misma distancia con la que Carmelina asistía a las tertulias, sólo el abuelo Flores representaba a los padres de ambos contrayentes, pues los parientes del novio o pretendiente, viajero para más señas, se limitaron a enviar una carta de disculpas, elegantemente escrita, que en verdad los ponía a salvo del polvo y el sudor de la ruta. Puede decirse que don Rafael vistió sus últimas luces, al menos de la etapa zaraceña, lo que en el fondo parecía un exceso o un esfuerzo inútil, pues la ciudad sólo daba para dos o tres muertes diarias. La trilogía correteó hasta el cansancio, pulsando las facciones del novio, más fantasma que cuerpo presente; Rafaelito bebió indiferente, celebrando que este nuevo intruso se encargaría de someter a Madre y de liberarlo a él; Guillermo se emocionó de ver a Raquel Flores trajeada como alguna vez lo estuvo su madre Victoria, dicen que descendiendo directamente de los cielos; Armando fabuló con los pocos invitados, asegurando que las pestes partirían ahuyentadas por la bosta de las reses. María Chacín, en cambio, no se levantó de su silla, detallando cejijunta al cura auxiliar que reemplazaba al párroco, también huido hacia Caracas; se limitaba a ver a Raquel y a desear que las nuevas obligaciones maritales la apartaran del propósito de llevársela a la fuerza. Apenas desde los fogones traseros, con la ayuda de dos jovencitas enclenques, más aroma que bocados concretos, Trina se esforzaba en asegurar lo que sería el obsequio de la fiesta: de entrada, unas hallaquitas con chicharrón, después unos tazones con sancocho y por último una torta de queso casera, que mereció los elogios de Armando. No era lo que Raquel hubiera deseado o servido, pero entre el traje y el peinado, sobre los que todas las hermanas intervinieron, más los arreglos florales de la pensión, que nadie asumió porque en Zaraza sólo había flores para los muertos, debió dejar en manos de Trina lo que claramente Trina no podía resolver, acostumbrada como estaba a complacer el gusto rústico de los viajeros.

Después de la boda, hay quien admite que Madre vivió con su marido por un tiempo prudencial en la pensión. Más que vida, en todo caso, fueron los preparativos para la emigración. No hubo luna de miel, ni vida marital, ni pasiones; tan sólo las etapas de una larga y anticipada mudanza en la que todos debían intervenir. Decidir quién iría de primero entre los hermanos; preparar a don Rafael, con sus armarios infinitos; sortear los caprichos de María Chacín, realenga hasta los tuétanos; pensar incluso en Trina, cuya permanencia en Zaraza parecía inviable; eran apenas los capítulos mayores de un grueso libro de contabilidad en el que Madre anotaba todas las tareas pendientes. Después de las personas, pensaba en el mobiliario de la pensión, claramente excesivo para reducirlo a las necesidades familiares de una casa caraqueña; también en la posible venta o alquiler de esa mole cuando el pueblo estaba desahuciado; incluso en las aves de corral, los chivitos y hasta los morrocoyes que se alimentaban de frutas podridas. Entre seis meses y dos años, según versiones encontradas, tardó la operación de desmontar la pensión y reubicarse en la primera casa caraqueña de la diáspora, pues en el conteo se incluyen los sucesivos viajes u oleadas en los que fueron llegando los hermanos, don Rafael y, trofeo mayor, María Chacín, casi raptada por emisarios.

Padre pudo haber sido un agente viajero asignado a la vía de oriente, la que remontaba las últimas estridencias del llano, apagándose en la medianía de Anzoátegui y torciendo luego el rumbo hacia Ciudad Bolívar. A Raquel Flores la ha debido ver por primera vez en la pensión, primorosa adolescente. Se me antoja que ese primer intercambio ha podido anteponer una dormilona con una braga u overol. De un lado, la joven que corre por el zaguán para atender el llamado de la aldaba sonora; del otro, el viajero polvoriento que saluda con el gesto de llevarse la mano al ala del sombrero ante una aparición que supone fantasmal. Y es que el hábito de andar con dormilona por la pensión –permisividades de Victoria– era de todas las hermanas. La noción de que el espacio era continuo, de que como extensión de la cama podía aparecer el comedor donde desayunaban los viajeros, se imponía sobre cualquier restricción o precaución. Pero había dormilonas de dormilonas: las de Raquel, por ejemplo, podían llevar encajes o bordados, más oscuros en los puntos donde recubrían las partes más íntimas; las de Violeta, por el contrario, de tanto usarlas, se volvían trapos deshilachados, sacos de sisal con aberturas superiores para meter los brazos. De niñas, se podía entender que todo fuera frescura y figuras aladas; pero ya de grandecitas, cuando las formas se acentuaban aquí o allá, tanta transparencia podía ser perturbadora. Padre no tiene por qué saber que quien le abre la puerta por primera vez es Madre, su futura esposa, a la sazón un querubín inmaculado, rozagante, risueño. Ya estaban allí sus dones de mando, porque no responde con simpatía, con nada que pueda interpretarse como una sonrisa, sino con elemental cortesía: sus maletas por acá, su cuarto en el segundo piso, las horas de comida se anuncian en la cartelera de recepción. Pero Padre, anonadado, sin palabras, sucumbe desde la primera visión a sus encantos: su piel lozana, sus mejillas rosadas, su cabello recogido en un solo moño. Abre la puerta y la sigue abriendo, multiplicada sombra, desde el primer día; abre la puerta y la sigue abriendo porque no hubo estampa superior a la del primer encuentro, con todo el sol del camino a sus espaldas, con toda la sed acumulada en sus entrañas, hasta que aparece un ángel llamado Raquel, siempre detrás de la puerta, y le da la bienvenida al nuevo mundo.

El amor ha debido llegar por etapas, según las temporadas de viaje. Padre se presentaba, por ejemplo, en un mes de marzo, y luego había que esperarlo en agosto. Como representante de una casa ferretera, los ciclos que contemplaban carga, trayecto y destinos de venta se cumplían en cinco meses; de manera tal que a Raquel la veía, como mucho, tres veces al año. El número de esas visitas previas es incierto, así como la duración del noviazgo, pero todo ha debido ocurrir en esa etapa en la que la doncella se vuelve mujer. Padre vio crecer a Madre lentamente, imaginando que su cuerpo también crecía y se volvía maduro. La ansiedad siempre fue de él, creciente, mientras que ella se resistía todo el tiempo, primeramente inconsciente de los avances, luego por desgano a cambiar de vida, y en última instancia por no reconocer en él a la figura que podía llevarla al altar. Raquel imaginó para sí, después de la muerte de su madre, un destino de soltería, de celibato: las circunstancias le habían impuesto un mandato donde no cabía nada más que asegurar el sostén de sus hermanos, y a ellos se abocaba ciegamente, hasta que las insinuaciones de Padre la quebraron. El primer síntoma de su interés, curiosamente, se concentró en una sola palabra: cuando ella decía, por ejemplo, «Hoy llega Farandulito», esto significaba que Padre estaba por tocar a la puerta. De dónde sacaría el término, entre cariñoso y burlón, es un misterio bien guardado. Sin embargo, Raquel admitía que al final de las tertulias, cuando todos dejaban las mesas, Padre sacaba de su bolsillo superior una carterita con whisky muy perfumado. Apenas daba algunos sorbos, ciertamente, pero eso bastaba para que su carácter cambiara y se volviera más jovial. Ese cambio, entre vespertino y nocturno, entretenía a Raquel como pocas cosas. De verlo así, alegre, a aplicarle el mote de Farandulito, sólo mediaba un breve salto. En definitiva, la palabra encubría una forma de adopción, un principio de inquietud: era como admitir que el salto de brecha se permitía con complicidad, pues en la pensión de doña Victoria el consumo de licor estaba estrictamente prohibido.

Difícil pensar que Padre haya conocido a doña Victoria. Nadie habla de ese encuentro, nadie lo supone. Intuir que la gran matrona ya estaba muerta cuando Raquel le abre la puerta por primera vez a Farandulito es una posibilidad, pero también lo es pensar que como la gran dama estaba en sus últimos momentos su presencia desvariaba. Una línea de especulación habla de que si Victoria hubiera seguido con vida, el matrimonio no habría tenido lugar: que Raquel, su primogénita, contrajera nupcias con un viajero, finalmente uno de sus clientes, hubiera traído de inmediato un manto de censura para esa vieja mentalidad.

Todo fue posible, en parte, porque ya no podía hablarse de controles en la pensión, salvo los de la propia Raquel, adolescente recrecida, para quien don Rafael, más calle que casa, no constituía referencia alguna. Ese enamoramiento, en todo caso, fue creciendo como las matas del patio, silenciosamente, al menos para Raquel, quien comenzó a sentir extraños cosquilleos en su estado de ánimo, pues de parte de Farandulito, como sabemos, todo fue instantáneo, desde el primer día, desde la primera puerta. Todos sabían que Padre la aventajaba en años y, sin embargo, Raquel lo llevaba y lo traía, a su antojo, sin darse cuenta de todo lo que le imponía: para comenzar la vida en la pensión después de casados, que Padre nunca hubiera aceptado como una consecuencia natural. Lo aceptó a regañadientes, o quizás por enamoramiento, porque en su mente el propósito era fijar residencia en Caracas, cerca de sus padres. Esos primeros años, que han debido ser dorados (la doncella durmiendo al fin a su lado), no dejaron de ser confusos: entre la familia que se mudaba por oleadas, la espera por un hogar propio, el hecho de seguir de agente viajero y las ausencias prolongadas, el amor se desdibujaba hasta convertirse en rutina o desazón. Farandulito tenía esposa, pero Raquel parecía presa de su pasado, entre hermanas y hermanos que respiraban si ella respiraba o que almorzaban si ella almorzaba.

Padre fue un hombre callado, aparentemente apacible. No tuvo mucha formación, ni mucha cultura, pero llegó a ser un lector empedernido. No ejerció un oficio conocido, tampoco una vocación secreta; el trabajo se le fue imponiendo con la adultez, como una fiera que no suelta prenda, hasta moldearlo como lo que fue: un andariego que reconocía la geografía nacional como la palma de su mano. Lejos de abrazar pasiones, los hechos terminaban arremolinados a su alrededor, señalando caminos o imponiendo tareas. Ser agente viajero, por ejemplo, era un perfecto accidente, pues ningún antecedente o ningún antepasado permitían prefigurar que los vientos soplaran precisamente por los caminos que terminó tomando. Su familia de caraqueños sedentarios, que contaba según algunos con el primer matrimonio católico-judío del país, asistió a esa pasión gitana con algo de incredulidad y preocupación. Antonio López Levy, que así se llamaba, abrazó la masonería desde joven y llegó a frecuentar un grupo específico de amigos, los primeros de su propia cuadra en Panteón y los últimos en la cervecería Doncella, adonde recalaban todos los representantes de la bohemia caraqueña. Allí, con pocos tragos encima, llegaba a conversar libremente, sin nunca llegar a ser escandaloso. Bebía de manera calma, con sorbos breves, disfrutando mucho más de la conversación que de las órbitas luminosas que comenzaba a ver a la tercera o cuarta cerveza (su tolerancia era baja y él lo sabía). Su verbo se hacía más nítido, sus opiniones más claras cuando el alcohol comenzaba a correr por sus venas, llevándolo a fraternizar como nunca lo hacía cuando estaba del todo cuerdo. Por ese estado preciso, entre alegre y dicharachero, Raquel lo bautiza como Farandulito y lo congela en el tiempo. El mundo con el que luego se topa –el de los viajeros y pernoctas– no fue el más beneficioso, pues girando como giraba en torno al licor en los momentos de descanso o en las escalas intermedias, su humanidad se fue minando poco a poco, sin que nadie lo advirtiera. Hombre de afectos reservados, o sólo puestos en las almas que identificaba como gemelas, la devoción por su madre, doña María Levy, a pesar del distanciamiento y la timidez, permaneció intacta hasta que pudo cerrarle los ojos con sus manos en el lecho de muerte. Fue María, en la casa de Panteón, la que recibe al joven matrimonio venido de Zaraza y la que acoge a Raquel como si se tratara de una hija. «Las cosas han cambiado, Antonio –solía decirle al vástago andariego–; ya no eres un hombre soltero, ya no puedes hacer lo que quieras». A lo que Raquel, estupefacta, al ver la ascendencia que seguía teniendo quien ya era una anciana, remediaba diciendo: «No se preocupe, doña María; ya las cosas mejorarán». Pero no mejoraban, o no se acomodaban, o no podían ser de otra manera. Para el sustento, para la familia en formación, para la vida tierna que llevaban, Farandulito debía seguir viajando, ausentándose por meses, conviviendo con contertulios de todo tenor, atracando en cada puerto terrestre del camino, cuando alrededor de una botella de whisky la noche avanzaba hasta quemar el último brillo.

Hacia 1941, según se conoce, Padre llegó a trabajar en una compañía alemana, una de las mejores ferreterías proveedoras de Caracas, cuyos tentáculos de distribución cubrían todo el territorio nacional. Estalla, sin embargo, la Segunda Guerra y Venezuela, como parte de la coalición de los Aliados, se ve obligada a declararle la guerra a Alemania. De pronto, todos los negocios alemanes en el país cierran, y Farandulito, que ya andaba por la medianía de edad, se queda sin trabajo. La experiencia con la compañía alemana fue corta, especie de Siglo de Oro instantáneo, pero ya Padre venía de experiencias disímiles acumuladas en las últimas cuatro décadas. Todavía con los alemanes, aunque parezca mentira, la distribución se hacía a lomo de mula y por los mismos caminos polvorientos o anegados que tantas veces recorrió. Una ruta iba de Caracas a Cumaná, y otra de Caracas a El Callao, pero ambas tenían en común el tramo hasta Zaraza, encrucijada a partir de la cual se desviaban. Una mula se reservaba para las muestras: martillos, destornilladores, alicates, picos y palas; otra para los maletines de facturación, la contabilidad, la correspondencia; otra más para las mudas de ropa, los sombreros, los tasajos o las cantimploras. Si el trayecto era en verano, se podía esperar una tromba de polvo como rastro unívoco; si era en invierno, era común que se detuviera en el camino para guarecerse. Nadie tomaba ruta cuando las lluvias arreciaban y los caminos sólo ofrecían pantanos, pero los alemanes respondían a los encargos de sus clientes y no tanto a los síntomas variables del paisaje. El acto de guarecerse, por lo demás, era impredecible: podía ser bajo el abrigo de un samán, en el apeadero ciego de un recodo, en algún botiquín de malas juntas. Creer que se llegaría al sitio esperado, donde se conocía al tendero y coincidiría con los viajeros amigos, no dejaba de ser una esperanza vana, pues el dictado de las lluvias lo imponía todo. Incluso los resfriados, la tos y las pulmonías recurrentes, que fueron encogiendo su cuerpo cuando no lo hacía el alcohol. En esos largos meses de viajes, de andanzas desconocidas, de amistades de una sola noche, que se prolongaron como único medio de sustento mucho más allá del cierre de la pensión, Madre sólo recibía de parte de su marido telegramas que eran versos incompletos: «Estoy en Margarita» o «Pasé por Cumaná» o «Esta noche duermo en Barcelona». Los telegramas, a decir verdad, eran el rostro más frecuente de Farandulito: un rostro que tardaba tres días en llegar a Caracas.

Las entradas de Padre nunca dieron para mucho, pero sí para mantener los gastos necesarios de las casas variables. Ocurría que mientras los ingresos mejoraban, la marejada zaraceña aumentaba. Farandulito no lo advirtió al principio, pero creyendo que el nuevo hogar con Raquel se alejaba de la pensión, una nueva posada crecía en Caracas mientras iban recibiendo a la trilogía o al abuelo Flores. Más allá del dinero de la venta de la pensión, que Raquel supo administrar por tanto tiempo, al punto de permitirles el redondeo de los ingresos y los fondos con los que acogieron a la diáspora gradual, el relato indica que don Rafael, antes de venirse, remató algunas propiedades en Zaraza, desconocidas por todos, y que con ese capital, aparte de prendas para seguir luciendo en las nuevas calles de Caracas y ciertas incursiones como prestamista, ensanchó el caudal que Farandulito podía aportar al hogar creciente. El familión se ayudaba entre sí, qué duda cabe, sin distinguir herencias ni origen de los aportes, pero con el tiempo, como era de esperarse, los flujos zaraceños fueron mermando. Puede admitirse entonces que, aparte del empuje ulterior que pudo significar la fábrica de chocolates, en Antonio López Levy recayó el sostén de los Flores. De allí quizás que se haya mantenido tan prolongadamente en las rutas, hasta avanzada edad, saltando de empresa en empresa, o de enfermedad en enfermedad; de allí quizás también la callada amargura que le fue carcomiendo el ánimo, viendo a su alrededor lo que le parecía una inmundicia: un puñado de parientes que envejecían junto a él como si parecieran desahuciados. Si al comienzo sus ingresos provenían de emplearse en empresas pequeñas, variables, de poco capital; si luego con los alemanes logró ahorros importantes, hasta que la guerra los obligó a cerrar; en su última etapa, primero de agente viajero y luego de contabilista, Padre consiguió un trabajo estable en las llamadas Empresas Gil, un conglomerado de servicios que, entre depósitos y oficinas, iba robándose cuadras de terrenos baldíos en El Conde. Su dueño, un heredero llamado Gustavo Gil, parecía innovar con visiones comerciales traídas de una larga estancia en Estados Unidos y convertía lo que inicialmente fue una ferretería en tienda por departamentos. Ese creciente centro comercial dejaba atrás las herramientas alemanas o los filos suizos de todas las navajas imaginables para exhibir mezcladoras de cemento, maquinaria para fábricas, tractores de todos los tamaños, vehículos para familias numerosas y hasta avionetas que atraían un remolino de gente en las vitrinas. Cada tuerca, cada llave inglesa, cada saco de cemento, cada vehículo que salía prístino desde las bodegas, eran anotados minuciosamente por Padre en sus gruesos libros de contabilidad, de tapa verde, que a veces se traía a casa para completar o enmendar las líneas de estilada caligrafía. Gil le tuvo una confianza infinita y lo preservó hasta el día de su jubilación, con palmaditas en el hombro, cuando ya no podía retener con sus ojos las cifras o cuando ya no leía con la precisión de antes los seriales pegados con adhesivos. Se refugió a los sesenta y cinco años en una poltrona específica de su casa, si es que su casa era un refugio, leyendo el periódico de cabo a rabo, buscando noticias distintas a las de su hogar empobrecido, que no producía ninguna, y esperando que en las vacaciones escolares o en navidades aparecieran sus nietos, único ápice que lo mantuvo con algo de felicidad mientras esperaba el último de sus días, cuando una marea quieta de sangre inundó su tráquea y le sustrajo, como pez fuera del agua, el último bocado de aire.

[*María Levy speaks:* A tu boda en Zaraza, mi querido Antonio, no podremos ir: no hay quien piense en mulas ni mucho menos en vehículos que puedan trasponer el barro de los esteros. Nos quedaremos aquí, extrañándote, y te pediremos una foto de Raquel, tu prometida, para saber qué nos dice su rostro. Espero que vengan ya pronto: la casa de Panteón los espera, si bien sabemos que quieres mudarte cerca. ¿Seguirás viajando tanto después de casado? Yo aconsejaría algún sosiego, porque si no las nupcias no serán nupcias, sino otro accidente del camino. El hogar necesita calor, palabras, compañía, pues ningún amor se forja en la distancia. No dejes que Raquel esté sola, se aburra en un ambiente desconocido, apele a mundos ingratos. Si pones por excusa el sustento, la diaria dieta, diré que el sustento podría estar en otra parte, lejos del polvo que respiras por aire. Adoptaré a Raquel si la dejas sola, la traeré a mi regazo. Tu hermana Manuelita también sabrá hacerle compañía, y la hará tan suya como ya va siendo mía. Quiero ver su foto, quiero descubrirla lozana, hacendosa, paciente. ¿Es risueña mi nuera? ¿Acaso ríe cuando nadie ríe? Ese es el temple que espero, esa es la imagen que me hago. Mientras tú viajes por horizontes que nadie imagina, mientras te ausentes por cinco o seis meses para que tu rostro gane arrugas de tierra, yo permaneceré con Raquel. Seré menos templada de lo que he sido contigo, y sentiré que crío a una muñeca, una muñeca de provincia, salvada de los lodos, abandonada a la suerte que yo sabré darle mientras tú no existes sino en la añoranza de lo que ha podido ser y no será jamás.]

La primera casa de Caracas, la de Panteón, no podía ser sino una casa típicamente caraqueña, con su patio interior de helechos colgantes, su largo zaguán, la sala para recibir de un costado y un comedor de doce puestos. Tenía la ventaja de estar muy cerca de la casa familiar de Padre, donde aún vivía la abuela María con sus hijos Manuelita y Enrique y su hermana Mamatía.

Aprovechando la estrechez y el desconocimiento de la nueva vida en la capital, Violeta y Daría solían caminar las cuadras que mediaban entre las dos casas para buscar los víveres que no teníamos. Desde los inicios, fue una extensión o un brazo auxiliar de la nuestra, y en parte porque después de los primeros tiempos en la pensión, cuando estando casados no fundaban hogar, Farandulito se trajo a Raquel a la gran ciudad con la esperanza de alojarla con un mínimo de decencia. No pudo hacerlo, sin embargo, en las primeras de cambio, sino que se ausentó por cuatro comisiones seguidas, de cinco meses cada una, hasta que pudo volver y retomar la idea. Terminó dejando a Raquel con su madre y hermana, apareciendo al término de cada semestre para reabastecerse, compartir lecho por una semana y volver a las andanzas incesantes. Fuera de la pensión y lejos de sus hermanos, contenidas las oleadas en Zaraza hasta que el panorama estuviese despejado, el primer y verdadero hogar de Raquel fue el de su suegra, donde ha debido permanecer un par de años antes de que Antonio se asentara como todos deseaban. Su madre terminó siendo María Levy, a quien llegó a querer como la suya propia, y su nueva hermana fue Manuelita, quien se dedicó a introducirla a sus amistades, a las casas de familia cercanas y a los devotos que domingo tras domingo encontraba en la misa. Ya Raquel notaba que el vecindario era de familias honestas, trabajadoras, ni muy pudientes ni muy humildes, caraqueños que se llevaban la mano al ala del sombrero cuando las doncellas pasaban por las aceras calmando el calor con sus abanicos. Pensaba que el entorno era idóneo para recibir a sus hermanas, las de la trilogía, faltas de educación y buenas maneras; pensaba que allí estarían los compañeros de Guillermo el estudioso;

pensaba que el orden de las calles podía contener los dislates de Rafaelito o las aventuras de Armando; pensaba incluso que los paseos vespertinos eran posibles para don Rafael, con todas las flores en el ojal que quisiera. En las tardes, sin tener medida del tiempo ni recordar el orden de las llegadas, comenzó a ver cómo en esa primera casa de Panteón, en la que al fin pudo compartir con su esposo viajero, Violeta y Daría se sentaban en los poyos de las ventanas y recibían sus visitas tras los barrotes de hierro. Era la misma casa en la que había podido arreglar su primer cuarto matrimonial, y era la misma en la que un segundo cuarto con tres camas se reservaba para Violeta, Daría y Yolanda. Los varones se terminaron acomodando al fondo, rehaciendo espacio que era para la servidumbre antes de que llegara Trina y los desplazara: Armando en una de las piezas que a veces compartía con Rafaelito, y Guillermo en la más trasera de todas, buscando silencio y concentración para los estudios. Esa es también la casa que yo recuerdo, la de mi primera infancia, conviviendo con mis tíos y tías, gigantes que me azoraban y me cargaban. Mi cuarto es pequeño, estrecho, diríase un anexo del cuarto matrimonial, y voy como sonámbulo, en piyama, hacia la cama de mis padres. Camino ocho o diez pasos y allí los descubro dormidos, uno al lado del otro, boca arriba, los cuerpos muy quietos. Pueden estar muertos y me asusto, pueden roncar y también me asusto. Me cuelo entonces por el espacio intermedio, rozando los brazos de ambos, y me duermo poco a poco, dando algunos patadones. Los muertos volverán a despertarse cuando mi sueño vague por las profundidades, y creeré que dos arcángeles expresamente enviados, los mismos que someten a Satanás en el relicario que Madre guarda en la peinadora, vendrán por mí hasta llevarme de vuelta al lecho.

Panteón quedó fija en la memoria, como si los orígenes pertenecieran a sus pasillos predecibles o al arco sostenido de los helechos desbordantes. Ver la lluvia en ese patio, como una imagen residual de lo que podía hacer la intemperie en los campos, detenía a los visitantes, los arrastraba a un tiempo anterior, de donde provenían sin saberlo. El frío de las noches, o de las temporadas decembrinas, podía justificar el chal desarreglado de Violeta o las mangas abrigadas de Yolanda, que siempre tiritaba para creer que la nieve caería a su alrededor. No habría cerezas sobre esa nieve imaginada, a pesar de que Yolanda las buscaba sin cesar, para morderlas y abrirse los labios. También de esa época fueron los primeros pájaros: turpiales, arrendajos, cardenalitos, azulejos, gallitos de las rocas. Cantaban con alborozo en las mañanas, como si el mundo se hiciera por primera vez, y urdían una letanía por las tardes, como si toda escena humana se alejara gradualmente, hasta esfumarse. Las pajareras colgaban desde los aleros que llevaban agua al patio, y ese rocío los bañaba, recogiendo y reacomodando sus alas, con movimientos bruscos de quien tose o se recupera de una borrachera. Las frutas que se picaban en trocitos o los cambures manzanos que se abrían con una incisión para que la pulpa brotara de una hendija generaban un olor especial, que de muy fresco podía pasar a pútrido si los periódicos que hacían de piso no se cambiaban. Cuando Madre anunció la mudanza a la segunda casa, la de San José, los pájaros también viajaron, cuidados como si fueran porcelana: Yolanda recortó unas telas gruesas con las que vistió las jaulas para que la noche se mantuviera intacta y los cantos no surgieran. Sospecho que ese movimiento ha debido ser hacia 1941, pero no recuerdo las razones. Coincide ese año con la graduación de Guillermo, que fue una fiesta espléndida, donde por primera vez probé whisky, un sorbo siquiera, que caía de una botella ámbar adornada con la imagen del viejo Parr. Que tanta gente entrara esa noche, arreglada para la ocasión, hablaba de una casa espaciosa, con recintos varios y cuartos para todos. Presidía el acto don Pastor Oropeza, padrino de la promoción, quien guio siempre a Guillermo y le ofreció su primer trabajo en el Hospital de Niños. También caminaba orondo el doctor Palacios, proveniente de una familia merideña, el más fiel compañero de estudios durante las largas noches y las sucesivas madrugadas. Violeta y Daría se prendaban del doctor Palacios, casi un bachiller enjuto para los ojos de las vociferantes, porque les parecía caballeroso, gesticulante y además sabio. La amistad entre Palacios y Guillermo fue casi destino común, recíproco, que les permitió consultarse todo, desde los males que podían aquejar a los pacientes hasta los propios de sus futuras huestes. En nombre de la promoción, con todos los estudiantes escuchando de pie, en silencio, le tocó a Palacios responder a las palabras auspiciosas de don Pastor Oropeza y hablar de un mundo invisible: ese nuevo cortejo, afirmaba desde el patio, se debía a un país enfermo, lleno de pestes, donde nuevos cruzados, ornados de estetoscopios e inyecciones, saldrían a recorrer los caminos y a salvar almas, que no vidas, pues se trataba de erradicar la desesperanza de los caminos, de los caseríos, de las casas de bahareque, hasta donde llegarían estos santos embatados, incansables, dispuestos a poner a circular la sangre que el nuevo país necesitaba. El eco de los aplausos se recogía en los cuartos, en los corredores, en el zaguán, incluso más allá de las ventanas, sobre la calle, donde la vecindad se arremolinaba sabiendo que esa noche pertenecía a los hermanos Flores. Las caras cansadas del día siguiente, los recuentos alrededor de la mesa, la extraña certidumbre de que ya la familia contaba con un médico (Guillermo ojeroso sorbiendo café desde una esquina), hablaban de una nueva etapa, donde Raquel sonreía complacida y la trilogía susurraba a la par de los pájaros amanecidos. Guillermo Flores fue pediatra toda su vida y la casa de San José selló ese destino con sus cuartos variables y sus corredores que iban hasta el fondo. Daría pudo tener allí su dormitorio propio, arreglado como sólo ella podía hacerlo, con cortinas que retenían cualquier orden de luz y la hacían vivir entre las sombras; Violeta y Yolanda compartían el segundo, dos camas paralelas sembradas en el centro y una peinadora que ambas usaban con un espejo de líneas curvas; Armando también con el suyo propio, en donde no siempre dormía, ave de paso que cambiaba de nido al ritmo de las noches variables; Guillermo al final del corredor central, siempre cerca de la servidumbre, buscando recogimiento y serenidad. Ya en esa casa de San José veo a Trina, sin saber cuándo se desprende de Zaraza, cuándo Madre se la trae por los caminos polvorientos: los desayunos cambiaban, también las meriendas, también el aroma del café, colado en medias entintadas que a más manchas aseguraban más sabor. Trina viene a llenar un vacío, o más bien a asegurar una supervivencia, porque era como tener el pasado vivo, encogido en su cuerpo diminuto. Verla trapeando en la sala o coleteando los pasillos era recuperar en un solo rapto las imágenes de la pensión, las calmas mañaneras que predecían la llegada de los viajantes como fantasmas de polvo. A quien sí no veo en ese segundo hogar, salvo apariciones repentinas, es a Padre, quien para 1941 todavía seguía en las rutas, pasando largas temporadas sin que nadie supiera de sus pasos. La rutina era invariable, y hasta triste, porque mencionar su nombre terminaba siendo una factibilidad lejana, improbable. Llegaba extenuado a la gran ciudad, descansaba por unos días, se encerraba con Madre en el cuarto matrimonial, trataba de recuperar con relatos espasmódicos los días perdidos y volvía a planificar su próximo viaje. Era como tenerlo y no tenerlo, era como sentir su abrazo y no sentirlo, era como escuchar sus cuentos y saber que podían ser mentiras. ¿Quién me hablaba, quién me llegaba a sentar en sus piernas para susurrarme al oído? Me envuelve el viajante, el fantasma, que no sólo va andariego de posada en posada, sino que queriendo enterrar la pensión de Zaraza hace de su propia casa una pensión. No lo volveremos a ver por cinco meses, y quien regrese en su nombre ya no será él sino otro, el que usurpa su memoria y su cuerpo porque sus vivencias serán las del viajante anterior y no las de quien hoy aparece de nuevo en casa. Las múltiples sucesiones de Padre me hacían correr de cuarto en cuarto, de abrazo en abrazo, de relato en relato, buscando lo que nunca conseguiría, hasta entender que jamás tendría sosiego, hasta huir por las tardes a casa de Manuelita, recorriendo las pocas cuadras que mediaban entre San José y Panteón, y confiando en que la tía de pelo muy blanco y recogido me recibiera con el chocolate caliente que siempre me preparaba de manera especial. Padre estaba de alguna manera presente en su rostro, en sus atenciones, en su ternura. Ese rostro no viajaba, ese rostro lo conseguía quieto a varias cuadras de mi casa. Estar en el hogar que fue de Padre en sus orígenes, saber que también él correteó por los espacios que yo correteaba, era como una manera de sentirlo cerca, de tenerlo cerca, era como decirme que su viaje también podía ser el mío.

[*Introito:* Recuerdo de manera muy especial, en la casa de San José, una esquina del patio. Es una esquina oscura, con un matero muy grande, siempre vacío, en el que nada crecía. Yo me estoy apoyando en la boca del matero para alcanzar algo que está más arriba, yo me estoy apoyando y Madre me dice: «No te montes allí porque se te va a venir el pretil». Pero el niño desobedece, cada vez con más ahínco, y una tarde cualquiera, jugando con sus primos Daniel y Samuel, el pretil se desprende y le cae en la cabeza... Estoy tirado boca arriba, algo conmocionado por el dolor de la caída. Y apenas me incorporo, Madre me recibe con nalgadas sucesivas, impuestas con saña. No entiendo por qué sus ojos enrojecen, no entiendo por qué me mira como me mira. Si todos merecemos castigo, el de aquella tarde sobrevive como si fuera la propia plenitud.]

El tercer y cuarto hogar parecen fundirse en uno solo. De San José saltamos a San Agustín, quizás por los tropiezos de la fábrica de chocolates, pero allí estuvimos menos de un año. Una nueva mudanza a El Conde se hizo necesaria, con la que sumamos dos años más, antes de recalar definitivamente en San Bernardino. Pero ya en San Agustín y El Conde la memoria me juega ciertas trampas. Son los años que coinciden con mi viaje de estudios a Estados Unidos, inicio de una mudanza más real, definitiva, que me aleja para siempre del hogar. Una de esas tardes, estando todavía en El Conde, y a pocas cuadras de la casa, Padre me pide acompañarlo a Empresas Gil. Entramos en las oficinas y yo voy caminando maravillado, entre estantes organizados y maquinaria exhibida bajo focos cenitales. De pronto, casi tropezándonos en un recodo del pasillo, surge un señor de aire jovial, la camisa arremangada hasta los codos. Padre tartamudea, por escasos segundos, y me presenta como su hijo. «¿Y este caballerito –indaga Gustavo Gil en persona–, qué piensa hacer con su vida?». Padre no sabe qué contestar y yo busco hundirme en un pozo. «A los jóvenes de hoy –replica entre enfático y amenazante–, para que se formen debidamente, hay que mandarlos a Estados Unidos». Quizás Gil proyectaba su experiencia, quizás hablaba para parecer cortés, pero lo cierto es que Padre, desde ese mismísimo día, comenzó a actuar como si Gil le hubiera dado una orden. Los fondos no eran claros, las modalidades tampoco, pero ya Padre indagaba con amigos, buscaba información de becas, tramitaba el papeleo. Yo me dejaba llevar, incauto, sin saber qué estudiar, sin saber qué podría significar ese alejamiento, temiendo que cualquier duda o temor pudiera importunar a Padre. Lo cierto es que a El Conde no volví jamás, ni en mente ni en cuerpo, quizás por entender que ese lugar de residencia fue más trampolín que destino y, al cabo de los años, de vuelta en Caracas, ya mis padres habían comprado la casa de San Bernardino, hacia el extremo este de la ciudad, que es por donde parecían estar apareciendo las nuevas urbanizaciones, entre lo que antes eran haciendas de café o caña de azúcar. La casa de San Bernardino, que el familión ha debido ocupar hacia 1949, fue sin duda la morada definitiva, la más grande, la más acomodada. Raquel y Antonio lograban juntar los ahorros de muchos años de esfuerzo mientras la fábrica de chocolates, en su mejor momento, aportaba el complemento necesario. Ese pico no se repetiría nunca más, pues lo que vino después fue un lento descenso, imperceptible, que iba anudando todos los destinos de esa casa hasta convertirlos en un amasijo indiferenciado. Pero mientras tuvo esplendor, la casa de San Bernardino fue celebrada por María Levy, quien la veía como el máximo logro de su hijo; por Manuelita, quien reconocía al fin la felicidad de Raquel junto a las bondades de su hermano; por Guillermo, quien pudo traer a sus amigos médicos sin mayor vergüenza; y hasta por el propio Rafaelito, quien volvió al regazo, al menos como asiduo visitante, llevando a sus hijos mayores, Daniel y Samuel. Los viejos juguetes que permanecían en el cuarto que aún yo no ocupaba, eran tomados por los primos con una devoción particular. Entre agradecidos y temerosos, quizás por no estar yo presente, volaban los aviones de hierro o hacían caminar a los soldaditos de plomo. Esos juguetes eran mi pasado (el pasado con el que jugaban mis primos), pero para ellos representaban un presente puro, fresco, novedoso. Eran los tiempos en que Rafaelito comenzaba con la producción de Amargón en su casa de Monte Piedad, y los réditos no daban para las necesidades de tantos hijos. De una reunión entre Raquel y Rafaelito, reencontrados, y a instancias de Madre, surgió la idea de que Samuel, mi primo favorito, permaneciera en la casa de San Bernardino, viviendo con nosotros. Madre aprovechó mi ausencia para comprar más juguetes, para alimentarlo, para vestirlo, para llevarlo al colegio. Los contrastes entre Monte Piedad y San Bernardino eran evidentes, y Samuel se fue transformando, haciéndose hombre, sin variar ni un ápice su naturaleza de gran compañero. Al regresar de Estados Unidos, la verdad, ya tenía un hermano, que mantuvo mi cuarto como un oasis de recogimiento y retribuyó de por vida el apoyo que Madre supo darle en el momento menos esperado.

[*The street*: Estamos en la calle Sorocaima de San Bernardino, en la quinta María Victoria, en la terraza que es también un porche. Dos poltronas de mimbre reducen la entrada, la puerta de dos grandes hojas de madera labrada. Una súbita vegetación —palmeras reales, para más señas— se arrincona en dos triángulos enfrentados de tierra: diríase un bosquecillo portátil, donde se imaginan serpientes, lagartos, rabipelaos que merodean. Inútil la calle Sorocaima, inútil para el tramado naciente de San Bernardino. Cinco casas a todo lo largo, cinco familias disímiles. En los inicios, del costado derecho, hay un terreno baldío donde Madre criará morrocoyes. Y hacia el final, ya de bajada, comienzan a verse las primeras fundaciones de lo que será el Centro Médico. Calle estrecha, recorrida con pocos pasos, silenciosa hasta el extremo, donde pocos vehículos pasan y apenas ronronean. Las casas de un lado (se entiende), porque del otro, del costado derecho, crece un lento abismo: el barrio Los Anaucos, al que Madre no permite ni asomarse.

The neighborhood: Una Caracas todavía señorial, una Caracas con frío decembrino. Amaneceres lentos, en medio de la bruma. El emblema de San Bernardino podría ser una carreta arrastrada por caballos. Los niños la persiguen y se van montando o bajando en cada esquina. Quien tira de las riendas es el viejo Demetrio (un rostro sin forma porque se alimenta de quien lo evoca: adopta sus maneras). Algo va pregonando Demetrio, alguna frase que se ha ido distorsionando con el tiempo de tanto repetirla. Es como el grito del amolador, más forma que fondo. Los cascos de los caballos golpetean las piedras y anuncian el arribo de la carreta, tarde tras tarde. Los caballos resoplan, relinchan... siempre los caballos. Y los niños montados atrás, bamboleándose en los bancos de madera, soltando alaridos de manera invariable. Son imágenes móviles pero quietas (quietas en el recuerdo). Y el viejo Demetrio como una constancia, como una cicatriz que retiene la sangre.

A room with a view: En las tardes (siempre en las tardes), el sol se hundía por el noroeste, en medio de las montañas. Pinceladas desordenadas bajo una bruma malva que anunciaba la noche. Desde el primer piso (el cuarto sagrado de María Victoria), se podía apreciar mejor. Subíamos y nos sentábamos en el balconcito: esa estrechez que retenía nuestros cuerpos. El cielo teñido, el sol derramado, los pastizales de la montaña fosforescentes. ¿Cómo describirlo? Era la imagen del dolor, del desarraigo, de la expulsión. El mundo se iba a otra parte, pero nosotros permanecíamos de este lado, inquietos sin saberlo, huérfanos sin sentirlo. La noche era un manto residual, la tinta que un calamar gigante, tornasolado, arrojaba antes de irse al otro lado de la montaña. Y nosotros en el balconcito, apenas jugando, tiritando de miedo sin saberlo.

The garden: El bosquecillo de palmeras se había vuelto inextricable. Madre sembró brotes una primera vez, que se fueron reproduciendo hasta ahogar toda la tierra. Ya no quedaba espacio en la terraza: tan sólo el espacio de las palmeras. ¡Ay del trompo o pelota que cayera entre esas hojas espigadas! Pasaban al olvido más extremo. Pero debemos detenernos y precisar, desde cualquier orilla, el momento exacto, minucioso, puntual, en el que la palma real dejó de ser hermosa para convertirse en un estorbo, en una maleza inelegante, en un verdor opaco. Si alguna vez lo tuvo, Violeta, Daría o Yolanda se lo reservaron, pues a nosotros sólo nos dejaron los restos (por entre los que jugábamos con canicas o muñecas). En eso consistía precisamente nuestra felicidad: en ignorar que, por entre esos espacios reducidos, alguna vez hubo esplendor.]

Tres versiones se cruzan en el origen de la fábrica de chocolates. En la primera, que parece la más fiable, está don Rafael, recién llegado de Zaraza, prestamista de ocasión, quien la recibe como parte de pago de un deudor crónico; en la segunda está Raquel, apurada con los altibajos de su esposo, quien la compra con los dineros que ha ahorrado de la venta de la pensión; en la tercera, la más ambigua, está Armando, quien la obtiene como legado del viejo Gabaldón, su prefecto protector. En cualquier caso, siempre estuvo cerca de los sucesivos hogares, como si finalmente se constituyera en la extensión necesaria, entre recreativa y aventurera, de otra posibilidad de vida. La primera sede estuvo en la esquina de Santa Bárbara, y nosotros alcanzábamos a ver la santamaría bajada, de un verde vetusto, si nos asomábamos desde una de las ventanas de la casa de San José. En aquel entonces, a menos que viera obreros saliendo con sacos al hombro, ningún transeúnte podía imaginar que la fábrica funcionara en una de esas casas envejecidas de la cuadrícula caraqueña, cuyo aspecto podía más bien hablar de una familia venida a menos. De fachada estrecha y ventanas clausuradas, Madre intentaba retener los olores embriagantes que de todas maneras escapaban para delicia de los vecinos. Esos olores fueron los que, de cuadra en cuadra, orientaron por primera vez a don Rafael para llegar a la fábrica. Tuvo que agacharse con su traje y su flor en el ojal para poder entrar por la puerta que dejaban entreabierta en la santamaría, cuestión de seguir disimulando lo que ya era una obviedad, pero lo que encontró fue un imperio de polvo, con máquinas paradas, sacos arrumados y obreros desvariantes que movían lo que no debían mover. El abuelo Flores pensó que su viejo oficio de pulpero bastaba para asumir la administración de la fábrica, pero muy pronto esos afanes se fueron apagando, quizás porque Madre sabía que el talento de su padre sólo daba para ventas y nunca para llevar libros contables. La edad, el desgano y la presunción de no mancharse los trajes con polvillo que se aferraba como molusco lo fueron apartando de la escena para que su hija Raquel asumiera la conducción del negocio.

Hay una variante difícil de admitir y es la que señala que la fábrica de chocolates surge cuando decaen los ingresos de Padre. Esa variante sitúa el momento en un limbo gris, preciso, cuando acaban los oficios del viajero y no terminan de llegar los del oficinista contable. Vientos de guerra se las arreglan para arremolinarse en Caracas y perturbar los destinos, cerrando las puertas de la casa comercial alemana que empleaba a Padre y justificaba sus múltiples viajes. Sobreviene entonces lo que para Raquel fue una «época difícil», con Farandulito instalado en casa, sin norte, como en los tiempos de la pensión. Son momentos en los que el propio proyecto de completar la salida de Zaraza para refugiarse en la gran ciudad naufraga. ¿Era preferible permanecer entre las enfermedades y así evitar esta otra enfermedad de mengua? Antonio López Levy no cosecha hazaña alguna y deambula por las calles sin que ninguna oferta de trabajo se le presente. Pasan dos o tres años antes de que Empresas Gil aparezca en el horizonte, con sus vidrieras relucientes y sus inventarios ordenados en estanterías verticales. Pero mientras tanto, los días en la casa de San José eran de penuria, con los hermanos Flores desvariando según los impulsos de cada amanecer. Y así, antes de que el último centavo se esfumara, Raquel decide meterse de lleno en la fábrica e intentar una operación de rescate. A Antonio no le dice nada, como para no avergonzarlo, salvo el pretexto de que debía velar por los intereses del abuelo Flores, para ese momento recién fallecido. «Esto puede ser la salvación» –se dice Raquel mientras sorbe el primer café del día–, y permanece pensativa, como quien imagina una escena laboriosa. No tenía experiencia previa, salvo la de administrar la pensión, pero más podían el deseo y el empuje que el encierro creciente y la desesperanza. Poco tiempo transcurrió para verla dirigiendo obreros, prensando paquetes, etiquetando cajas de despacho. Figuraba como una gran matrona, que todo lo manejaba. Tenía don de mando –el mismo que ya se le veía en tiempos de pensión– y los obreros temblaban cuando los tenía que reprender. Su pasión secreta era hacer ella misma el chocolate, con técnicas que fue aprendiendo y luego perfeccionando. Sobre los hondos calderos, curtidos de tanto fuego, introducía un cucharón de madera con el cual revolvía la masa espesa a un ritmo acompasado, como de baile ritual. Todo su cuerpo se movía, llevado por el redondel invisible que dibujaban sus manos, como si el fuego de la base se reprodujera también arriba, creando burbujas que nadie veía. El sabor específico de ese chocolate fue la verdadera transformación del negocio, porque dominaba sobre los errores frecuentes de despacho y ventas, y comenzó a generar una clientela que hacía colas en la santamaría, incluso antes de que las barras jugosas estuvieran envueltas. El éxito fue tanto, la demanda tan incontrolable, que Raquel debió imponer un nuevo sistema organizativo, con la mirada reticente de sus hermanos. A Rafaelito lo encargó de las ventas, en momentos en que las suyas con el Amargón apenas despegaban, y a Violeta la puso en la línea de producción, para que empaquetara y amarrara las barras con nudos que parecían de hayaca. Rafaelito llegó a establecer rutas de venta, que comercializaban el chocolate La India por toda la ciudad, mientras en paralelo conseguía clientes especiales, de gran escala, que le compraban al mayor para luego hacer derivados que terminaban en caramelos o helados. Pero Violeta se cansaba fácilmente y, al cabo de la primera remesa de producción, abandonaba la línea para abanicarse en un rincón oscuro y tomar café. Fue la preferida de los obreros, porque les hablaba como un semejante y también compartía sus penas. Las exigencias de la fábrica, que fueron absorbiendo todas las horas de Madre, la ausentaron de la casa y, ante el vacío de la voz mayor, Yolanda hizo las veces de ductora, asumiendo todas las responsabilidades del hogar. No sólo limpiaba y arreglaba los cuartos, sino que también compraba los víveres y daba de comer a las aves de corral. Con su elevado sentido de pulcritud, que a veces, en ciertas épocas del año, llegaba a ser obsesivo, Yolanda se fue construyendo un destino alterno, donde borrar el polvo y erradicar la suciedad adquirían un rango de trascendencia única. Trapear y coletear también podían ser figuras amadas por los dioses.

Del aroma que embriagaba, en esa primera ubicación de Santa Bárbara, la fábrica debió mudarse para la esquina de Peligro, en La Candelaria. Resultó ser que el olor del cacao, en las inmediaciones de San José, sustituyó al mismo aire, y entonces los vecinos se aquejaban de asfixia. El elíxir se volvía veneno, y bajo los influjos de la marea que convertía a los niños en posesos, los residentes se dirigieron a la Jefatura Civil y protestaron por el aire que la fábrica convertía en tormento. Un edicto no tardó en llegar, en manos de oficiales muy bien vestidos, para que Raquel decidiera la mudanza. La casa de La Candelaria en verdad era la fachada de un galpón bastante grande para las escalas que la fábrica necesitaba. Raquel vio el espacio amplio por primera vez y exclamó: «Esto es lo que yo necesito». El galpón tenía dos pisos, y encima del patio de máquinas, que ocupaba toda la planta, se instalaron oficinas y cuartos. Fue la etapa en la que mejor se llevó la administración, con la supervisión temporal de Padre, quien asumió una especie de contraloría de ventas bajo las súplicas de Raquel. Como socios, que se veían todos los días, el matrimonio casi se disuelve: Padre exigía correctivos que nadie cumplía y Madre introducía innovaciones que Padre calificaba de inviables. Para buscar una tregua, y ya cerca del enganche por parte de Empresas Gil, Padre desistió y volvió a la calma del hogar. En esos cuartos de la parte superior, dependiendo del volumen de ventas y de la variabilidad de la noche, que era cuando se hacían los asientos contables, todos nos fuimos quedando: Violeta tuvo casi una habitación alterna, Raquel también la suya (mitad oficina, mitad lecho para tomar la siesta), Rafaelito más bien un depósito donde juntaba menjurjes de todos los orígenes y yo una especie de cuarto de juego donde me encerraba con mis primos Daniel y Samuel cada vez que Rafaelito los traía. Allí flotábamos (literalmente), porque el aroma penetraba por los poros y nos elevaba, imaginando incendios de fábricas chocolateras para nuestros carritos de bomberos y jurando que todas las batallas de nuestros soldaditos de plomo se libraban para rescatar sembradíos de cacao que habían caído en manos enemigas. La Candelaria de ese entonces era un paraje remoto, en plena extremidad de la ciudad, colindante con haciendas y prados que se desprendían hasta llegar al Guaire. El anuncio de la Clínica Razetti, como centro de retiro para enfermos desahuciados, ponía el acento final de urbanidad. La ciudad terminaba ciertamente allí, pero ese límite era también guía de una línea de crecimiento urbanístico, pues muchas familias tomaban los terrenos de los alrededores y construían casas. Así, un año después de nuestra mudanza, en una casa de la misma calle que también escondía un galpón, se mudaba una tal familia Fernández, que en poco tiempo comenzó a fabricar helados. Madre hizo migas con los prósperos vecinos y trató de venderles como insumos tanto manteca de cacao como chocolate refinado, en cantidades crecientes. La fama de la fábrica de los Fernández se convertiría pronto en Helados Efe, y la calle en la que vivíamos se volvió un avispero, atestado de moscardones que en verdad eran vendedores o compradores, vástagos que saltaban de las panelas de chocolate a los baldes industriales de helado de mantecado. Fue el período de mayor esplendor para la fábrica, y por ende de la familia. Con mis primos Daniel y Samuel, cuando el rebullicio de la calle cesaba, también salíamos a vender nuestras panelas, para quedarnos con un real por cada unidad entregada a domicilio. Con eso comprábamos más juguetes, barajitas o las luces de bengala que guardábamos celosamente para Navidad.

Tanto creció la fábrica que en el momento de mayor producción llegó a tener treinta trabajadores, lo que sin duda era una cifra alta para la época. Pero las ventas crecientes, aumentadas por los pedidos de los Fernández, nunca se supieron acompañar con buena contabilidad, con libros bien llevados o con métodos de administración moderna. La ordenada cabeza de Madre daba como para memorizar las cuentas de una pensión en Zaraza, pero no para llevar cálculos en paralelo de nóminas, ventas, cuentas por cobrar o aguinaldos. Ese desorden fue el comienzo de la ruina que se agazapaba en los rincones sombríos del galpón, a la espera de un zarpazo mayor. Si a esto sumamos el rápido crecimiento de La Candelaria, cuyos residentes terminaron exigiendo tanto la salida de Helados Efe como de Chocolates La India, se entenderá el bajo rigor de los días ulteriores. Madre emprendió una nueva mudanza de la fábrica, esta vez hacia San Agustín, buscando que no quedara lejos de la nueva residencia, pero el barrio era pobre e inseguro, y la familia terminó rechazando tanto el hogar como el nuevo galpón. Intentando un último recurso en El Conde, donde al menos refugiaba a sus hermanos en una morada aceptable, lejos de robos y arrebatones, la fábrica fue languideciendo en San Agustín. Desde El Conde, a Madre sólo le bastaba cruzar el Guaire todos los días para llegar en pocos minutos, aunque el entusiasmo de los hermanos desaparecía, y ya ni Rafaelito ni Violeta volvieron a las líneas de producción. Las panelas se hacían para clientes contados, en parte porque la distribución fue mermando, y en parte también porque la competencia cubría las deficiencias que Chocolates La India fue acumulando. Es difícil determinar cuál fue el último año de fabricación de chocolates, pero sí decir que los restos de la fábrica, esas máquinas añejas de hierro colado, fueron rodando de depósito en depósito, hasta quedar arrinconadas en una casa alquilada de Catia, donde Madre las visitaba de vez en cuando como si se tratara de seres vivientes. Por ellas sentía lástima, o en ellas veía su vida resumida en una suma de trastos. ¿Cuándo fue la última vez que pudo revolver chocolate con la danza acompasada de sus brazos? Es una pregunta que a veces se hacía, en silencio, queriendo evocar una estampa que ya nadie reconocía. De esto les hablaba a sus nietos, los únicos crédulos, y hasta los llevó alguna vez a esa casa de Catia para revivir, a base de relatos, la furia de esos dragones dormidos. A falta de chocolate, en la casa de San Bernardino intentó una variante menor, la del caramelo, y también con un cucharón de palo, pero en ollas pequeñas, revolvía el azúcar hasta convertirlo en esa sustancia viscosa, dorada, que era la delicia apetecida por los nietos en las meriendas. Ofreciéndoles caramelo, en verdad ella ofrecía el chocolate de los orígenes, el que usaban los Fernández para sus famosos helados, el suyo propio, inimitable, haciéndoles ver a los nietos que el recuerdo también puede tener un sabor imborrable si se siembra con pasión.

La casa de San Bernardino fue en verdad un escenario: para los hermanos Flores, una especie de cúspide; para los que vinieron después, una máquina de recuerdos. Fue todo a la vez: celebración y ruina, esplendor y caída, punto de reencuentro pero también origen de la diáspora. Todas las relaciones de los hermanos cambiaban, lentamente, sin dar lugar a explicaciones. Guillermo, que vivió muy poco allí, la frecuentó siempre, en un rito que sólo buscaba visitar a su hermana Raquel, a quien consideraba su madrina en vida. Con la construcción del Centro Médico al final de la calle Sorocaima, en donde montó consultorio, esas visitas más bien aumentaron, pues en las pausas de sus citas se escapaba a tomar un café o a llevar algún medicamento. Rafaelito no fue muy asiduo al inicio, entre distante y orgulloso, pero una vez diagnosticada la diabetes de Raquel se presentaba todas las mañanas, por escasos diez minutos, para llevarle su frasco de Amargón. Se reencontraron al final de sus días, después de tantas diferencias, y les bastaba intercambiar diez palabras para sentir cercanía. Armando, por el contrario, fue un fantasma: no se sabe cuándo llegaba ni cuándo partía, cuándo dormía ni cuándo se refugiaba en otras camas. Su viaje a Chile, para estudiar mecánica dental, ha debido producirse entre la casa de El Conde y ésta de San Bernardino. De manera que a su llegada no logró acomodo fácil, ocupadas como estaban todas las habitaciones, razón por la cual se hizo un cuarto en la azotea, mitad taller mitad dormitorio, dejando rastro de sí para los que permanentemente lo buscaban.

[*Introito:* Crece en la azotea una mata de tabaco. Raquel la ha sembrado en un porrón de arcilla, que rezumaba por la humedad del excesivo riego. «Tabaco de Altagracia» –susurraba Madre mientras alisaba las hojas bajeras entre las dos palmas de sus manos. Tabaco verde menta y tornasol, tabaco de Altagracia que más bien parecía un injerto de Zaraza. El arbusto crecía recto y hacia el año nuevo dejaba crecer una flor lila, de varios túbulos, que coronaban el tallo agreste con desordenada gracia. Madre podaba cada vez que podía la flor, sin que nos diéramos cuenta. «Así la savia se quedará en las hojas» –vuelve a susurrar juiciosa con las tijeras en la mano. Hacia abril cortaba las hojas rastreras y las colgaba boca abajo, tendidas en cuerdas que oscilaban alrededor del cuarto de Armando (si nos asomábamos por una de las ventanas, dependiendo de la estación, alcanzábamos a ver estopas llenas de aceite y portarretratos sin fotos). Las hojas viraban del mostaza al ocre, arcoíris diminuto, hasta que Raquel las enrolaba para que Violeta o Daría fumaran. El humo de esas tardes, biselado por la luz moribunda, se concentraba en la terraza contra los rostros vetustos y no subía hacia la corriente de aire que mecía las palmas. Se diría que una duda lo retenía en tierra apenas brotaba de esas bocas pastosas, como si la saliva lo endureciera en medio del hastío.]

Un poco más abajo de nuestra casa, en la misma calle Sorocaima, vivía una señora oriunda de Zaraza cuyo nombre se me escapa. La suya era una casa amplia, de tres pisos, con muchos ventanales. Si uno pasaba por el frente, hacia un rincón superior de la fachada, se podía leer un letrero que llevaba escrita en cursivas la palabra «Lontananza»: la caligrafía de muchos lazos y ribetes quería hacer ver que el llano no quedaba sólo en la memoria. La señora casó con otro zaraceño, a quien conocía desde niño, y emigraron muy jóvenes a Caracas. Sin muchas artes ni oficios, el hombre comenzó ofreciendo sus servicios como escribiente, primero a gente iletrada, que necesitaba mandar cartas o hacer documentos, y luego como secretario de tribunales. Con el tiempo, amasó una fortuna considerable, que tristemente no pudo disfrutar desde el día en que un infarto lo detuvo en una acera de San Bernardino: cayó de rodillas, dejando rodar las latas que traía en una bolsa de abasto, y nunca volvió a pararse. La mujer quedó sola, con sus dos hijos, preservando en su adultez la hermosura de juventud que ya era legendaria en Zaraza. Armando conocía a la pareja desde entonces, y durante los funerales acompañó a la mujer en todos los trámites y estadios. Pasó varios meses fuera, sin que su lecho de la azotea lo recibiera nuevamente, hasta que recibimos la noticia por otros zaraceños, que la comentaban abiertamente en todos los rincones de San Bernardino: al parecer, la compañía que la mujer necesitaba descubrió un amor soterrado, quién sabe desde qué origen, y Armando calzó en esos hábitos como si el matrimonio con el escribiente hubiera sido una pausa intermedia. Se les comenzó a ver juntos, como si nada, caminando con la naturalidad de las mismas tardes: a ella notablemente enamorada, su rostro como el arrobo mismo; y a él con un sentimiento que se traducía en orgullo, un trofeo que llevaba entre las manos. La maledicencia fue creciendo mientras el comentario rebotaba en plazas o fiestas, pero la nueva pareja flotaba inmune, autosuficiente, viendo a los otros como mortales prescindibles: la fortuna heredada del escribiente, de alguna manera, los protegía y elevaba más allá de ataduras que sentían como bajezas. Por estos rumbos que Cupido abría, los últimos años de Armando se resumieron a visitas que hacían a los viejos amigos, a viajes exóticos y a fiestas que nunca acababan. Terminaron construyéndose una casa de playa en Carayaca, que elevaron en el punto límite de una colina, con una vista panorámica que convertía al mar Caribe en un espejo quieto, manto azul con ribetes blancos, donde pasaban largas temporadas de asueto, sin inicio ni fin, comiendo y bebiendo exquiziteces, mientras mucho más allá, al fondo de lo que se podía divisar, el oleaje horadaba los peñascos hasta convertirlos en cuerpos porosos. También todos los años, religiosamente en verano, tomaban en La Guaira un crucero rumbo a Europa para tocar los destinos más disímiles: Sevilla, Nápoles, Oslo, Le Havre, parajes desde donde mandaban postales que yo a veces recibía y coleccionaba. Ella lo reconocía como su monarca al comprarle toda la ropa que él ya no necesitaba: los trajes que le gustaban, las corbatas que más contrastaban, las camisas de mejores telas, los pañuelos que se doblaban para que las puntas sobresalieran en su pecho. La pasión nunca condujo a un nuevo matrimonio, pues todo radicaba en estar juntos, en compartir todos los instantes, los buenos y los malos, hasta el día en que la enfermedad se hizo presente, calladamente, y ahogó los pulmones de Armando con un cáncer que subía como la marea de Carayaca. Dicen que ese cuerpo delirante agonizó en los brazos de su amada zaraceña, y dicen también que ese luto fue el único que la dama de la quinta «Lontananza» respetó por el resto de sus días.

Al igual que Armando, que en su viaje de estudios a Chile abandonó a la familia en la casa de El Conde y reapareció en la de San Bernardino, en mi viaje a Estados Unidos yo dejé a la familia en un punto y la reencontré en otro, como si un trozo largo de historia hubiera quedado sepultado. Recuerdo tan sólo el esplendor de la llegada, hacia 1952, cuando Madre me traía desde el aeropuerto en su viejo Packard. Las calles eran otras, el verdor también; las casas muy apacibles, la gente sentada en los bancos de las plazas. Desde los extremos de La Candelaria, por una avenida ancha que llevaba el apellido Vollmer, se subía en dirección al Ávila, poco a poco, con un tramado de calles que se iba ramificando. Al final de la Vollmer, se construía la sede de la compañía Shell, un edificio que parecía una embarcación de ladrillos escarlatas, imponente porque se encumbraba en el nacimiento de una colina. Y luego, bordeando a la mole por un lado o por el otro, comenzaba el área de las casas. Casas como no se veían en San Agustín o El Conde, que todavía guardaban fidelidad al viejo trazado solariego, con zaguanes y patios interiores, sino moradas que la gente comenzaba a llamar quintas, y que podían tener hasta dos o tres pisos, con jardines exteriores y senderos que llevaban hasta los portones de entrada. Recuerdo esa primera visión, la de vuelta, y me parecía llegar a otra ciudad, una ciudad que se había decidido a crecer y cambiar, armonizando calles con árboles centenarios, niños con plazas, aceras anchas con jardineras llenas de flores. La llegada a la quinta María Victoria, que era el nombre de mi hermana desconocida, nacida mientras yo estaba en Fulton, fue un cambio escenográfico total. A mi encuentro salían mis tías, una detrás de otra, como doncellas renacidas, también Trina desde los fogones del fondo, y también una criatura de dos años, que todavía se tambaleaba al caminar, de cara muy pálida y pelo muy lacio, que me veía como un extraño. «Abraza a tu hermana» –alcanza a decir Madre y yo me acerco entre la inquietud y la ternura. ¿Por qué tantos cambios concentrados en un solo instante? ¿Por qué no me reconocía en lo que eran mis orígenes? ¿Por qué intuí tan claramente que, pese a las novedades del momento, con todo y casa como nunca la habíamos tenido, mi vida estaba en otra parte, lejos de los míos, cerca de un horizonte en el que sólo se percibían torres?

[*Breakfast:* Arepitas horneadas en las mañanas. Fritas no; más bien horneadas. En el budare se van tostando, lentamente, y luego se colocan en el horno a fuego lento, para llevar la cocción a un punto preciso. Hay unas costras negras (franjas de quemadura) que son decisivas. «El corazón de una arepa –susurra Daría en su extravío– es una cebra contenida». Es Yolanda la que inicia el ritual matutino, levantándose a las cinco de la madrugada y poniendo a correr por la casa un aroma de café que inunda los últimos sueños. A ese ritual se agrega Raquel, en pleno amanecer, no haciendo nada distinto a mantener una mirada vigilante, con la que permite que el orden fluya como ella cree que debe fluir. Yolanda amasa las arepas con sus pequeñas manos (por lo que son también pequeñas sus arepas). Manos que se han ido cerrando como garra de ave rapaz, manos de uñas siempre mal pintadas (quedan residuos del último esmalte amarillo, rosado crema, verde de pulpa de aguacate). Cocina Yolanda sus arepitas con esmero, pero es Raquel la que capitaliza, la que recibe los elogios. Apenas ordena las muy redondas monedas de masa en un canasto que lleva a la mesa, Yolanda se va con sus trapos a otra parte. La vemos con coleto en el porche, la vemos recogiendo polvo en la barra de bebidas, la vemos cambiando los periódicos malolientes en las jaulas de los turpiales y, al fin, en el colmo de la incomprensión, la vemos levantando a Violeta de un solo tirón de sábanas. La otra amanece como si un cadáver se levantara de su lecho definitivo, la otra amanece vestida para el nuevo día con la misma ropa del día anterior.

The birds: Estaban los turpiales, estaban los turpiales al fondo del patio interior (pero también arrendajos, pero también cardenalitos de penacho insuflado). Raquel los alimentaba con devoción, con mesura, con paciencia. Tres o cuatro turpiales intercambiables que eran el alborozo de las mañanas. Imaginemos por un momento a los durmientes dispersos por toda la casa: pues del sueño colectivo los arrancaba el canto. Un canto destemplado, múltiple, polifónico. Penetraba por las rendijas y rebotaba en las paredes. Un estremecimiento, una demasía para esa hora de la mañana, un referente campestre en medio de la tibia escena urbana. Creaba Raquel un contratiempo (literalmente): instalaba un recuerdo, unos hábitos perdidos. Ese aleteo amarillo y negro de las jaulas, ese regocijo vibrátil que saltaba de barra en barra, no comulgaba con el canto. El canto era una cosa —por momentos despreciable— y la imagen era otra —digamos que algo de belleza anidaba en el plumaje. Si Raquel alimentaba a las criaturas cantarinas, Yolanda les recogía la inmundicia. Todas las tardes retiraba las bandejas de las jaulas, alzaba los periódicos fétidos (un pedazo de cambur pisoteado sobre el titular de un asesinato en Sarría) y volvía a colocar las hojas desplegadas de noticias añejas. Yolanda lo hacía con asco,

Yolanda lo hacía por fidelidad a Raquel. Era una disciplina, una hazaña secreta, un eco del origen compartido. Mañanas de bullicio y tardes de limpieza, mañanas en las que los turpiales eran soles inquietos y tardes moribundas en las que al fin se recuperaba el silencio.

The sea: Casita de playa en Macuto, casita para refugiarse durante las temporadas más frías del valle. Punto de luz en medio del mar Caribe (un latón desplazado del techo ha debido generar el reflejo que encandila a los peñeros de la costa), punto de reunión para la fraternidad dispersa. Daría se sienta de espaldas a la playa, Violeta sólo moja sus pies, Yolanda apenas barre la arena que el viento deposita en los tablones de madera. Si Armando, el díscolo, llega, es para preparar un solo plátano horneado; si es Rafaelito, es para traer botellas de jarabe para la tos; si es Guillermo, es para revisar apuntes en sus libros de texto. Sólo Raquel se deja llevar por la ventisca, hunde sus pies en la arena, recoge caracolitos partidos, se sumerge hasta la cintura. El mar se aquieta cuando su cuerpo reconcentrado, embutido en un trajebaño de flores encarnadas, embiste el oleaje. Manto azul inabordable, que se extiende hasta el infinito, ¿quién retiene el sol dilatado del crepúsculo? Raquel se empeña sin entenderlo del todo, Raquel hace una afrenta con los brazos al aire mientras la ola rebasa su frágil carnosidad sumergida.]

Hablar de la última oleada, ya cuando Zaraza formaba parte del olvido, era recordar a Trina y en segundo lugar a María Chacín. Hay precisiones en torno a la trilogía, que constituyó la primera avanzada; también en torno a Rafaelito, Guillermo, Armando; incluso en torno al abuelo Flores, pero luego las pistas se pierden. Da la impresión de que Trina y María Chacín, en todo caso, permanecieron en los orígenes más tiempo del que Madre hubiera querido. Así, cuando finalmente aparecieron, si es que aparecieron, ya nadie recordaba que eran esperadas o que debían emigrar. A Trina, por ejemplo, se le reconoce en los inicios de la pensión, e incluso se le evoca antes como niña recogida, en un hogar impreciso que pertenecía a la rama de los Chacín. Todos la vemos de jovencita jugando como un par de las hermanas Flores, corriendo por los patios en dormilonas. Pero hay un punto, entrada la adolescencia, en el que sus pasos se concentran al fondo, del lado de la servidumbre, cuando ya su condición se volvía explícita para la incomprensión de la trilogía, que la sonsacaba pese a los reparos de Madre. Con la edad, Trina resultó ser una mujer de rasgos aindiados, extraña, callada, que nunca salía de casa, salvo para buscar víveres y realizar encomiendas. Fue siempre de gran utilidad, esmerada, capaz de asumir los oficios más duros. Cuando la servidumbre aumentó, en los tiempos de mayor esplendor de la pensión, ejerció una especie de capitanía, o asumió el rol como ama de llaves, educando y entrenando a las más jóvenes que se sumaban. Victoria pudo envejecer en el patio trasero, sentada en su mecedora de siempre, mecida por la danza de los bambúes, gracias a que Raquel y Trina, la primera en la administración y la segunda en los oficios, pudieron rellenar los huecos que ella dejaba mientras sus lecturas y su apartamiento se hacían más evidentes.

Conociendo los apremios de Madre, cuando ya en Caracas se ve obligada a buscar hogar y acomodo, nadie se explica por qué Trina tardó tanto en llegar. No recuerdo ahora si reapareció en la casa de San José o en la de San Agustín, pues ya en la de El Conde hasta suplantó a Violeta en el amarre de las panelas de chocolate, pero sí la sorpresa de todos al verla llegar con un crío de unos cinco años. Se llamaba Florencio y nadie preguntaba por parto, padre o pareja. Sencillamente, era una excrecencia de Trina, que la acompañaba a todas partes, cogiéndole un fleco de las largas faldas blancas cuando alguien lo quería saludar o cargar. Aunque de cara risueña, Florencio era mocoso, y tenía el mal hábito de llevarse el dorso de la mano a la nariz para traerse los velones pastosos. A punto de cumplir diez años, Trina lo separó del hogar sin explicación alguna. Sabíamos que lo visitaba algunos fines de semana, pero no quién lo cuidaba o a qué colegio de curas lo había entregado. Su orgullo de madre vigilante lo llevaba en el pecho, como un cofre cerrado, y sólo años después, cuando Florencio se presentó en la casa de San Bernardino perfectamente uniformado de negro, con boina ladeada, supimos que trabajaba de chofer para una línea exclusiva de transporte. Estacionó un vehículo bien pulido, de guardafangos anchos, en la calle Sorocaima, y todos los niños de la calle salían para sobar la carrocería. Florencio subía los tres escalones hacia el porche y nos saludaba como imaginábamos saludaba a sus clientes: con reverencias excesivamente formales. Pero esos modales que Trina no reconocía aumentaban el pulso de su corazón contenido y le aguaban los ojos de india cerrera. Toda la servidumbre acumulada que era su vida la justificaba en esos instantes de visita, cuando Florencio llegaba con sus vehículos de lujo para asombro de propios y extraños. Y ya a partir de allí, vencidas las resistencias, apagado el esmero, Trina se dedicó a envejecer. Se fue reduciendo a una costra marrón, casi un arañazo en la pared, y nadie tomó en cuenta el día en que, arrobada en la misma manta con la que cubría sus hombros en los amaneceres fríos de diciembre, desapareció.

El caso de María Chacín fue distinto, tardío, y su desplaza-
miento nunca fue real, primero porque se quedó esperando las
pestes de los llanos, que nunca tomaron su cuerpo, y segundo
porque ya estando en Caracas no cesaba de regresar cada cierto
tiempo, en función de los caprichos del día y de las amistades.
Su desprendimiento, su aridez, su amargura esencial, fueron la
contraparte de lo que representaba Victoria, y quizás por ello
la hermana ida arrastró la pena de dejarla abandonada, sin propósito ni deseos. Con Victoria muerta, se recluyó en uno de
los cuartos de la pensión, adonde sólo podía entrar Trina, con
infusiones y la comida del día. Después pasaba largas temporadas en casa de familias vecinas, cargando con baúles de ropa y
pertenencias, como si de una mudanza se tratara, y por último
vino la resistencia a viajar o confrontar la gran ciudad, resistencia que Raquel no pudo sortear con argumentos de ningún
tipo, hasta convencerse de que debía dejar la operación para
después, cuando ya Caracas fuera una opción segura, viable, signo edificante de que un segundo hogar era posible. Por cálculos
insospechados, Raquel dejó pasar casi dos años antes de traér-
sela de manera definitiva. Nombró a dos emisarios, Rafaelito y
Guillermo, jurando que entre la madurez del sobrino mayor y
el docto criterio del pichón de médico podrían argüir razones
de salubridad pública. La encontraron refugiada en casa de los
Felizola, y el primer esfuerzo fue con los anfitriones de la casa,
negados de plano a permitir que su huésped, la gran dama de
sus reuniones vespertinas, atravesara el zaguán hacia una luz
desconocida. Rafaelito y Guillermo debieron pasar una semana
completa, sumándose como nuevos huéspedes, y entrar en las
rutinas de la casa, con desayunos y veladas incluidos, hasta hacer

ver que la permanencia era desaconsejable. Guillermo anunció un mal en ciernes, algo como una afectación dérmica, que requeriría atención médica, e Irma Felizola, la fiel confidente de Carmelina, quien veía en María a la amiga de su madre, dio su bendición. A la medianoche de un viernes, aplicándole un pañuelo con éter mientras dormía, pudieron subir a María Chacín al asiento trasero del vehículo que los llevó. Despertó malhumorada al amanecer, cuando apenas divisaban Ortiz, y terminaron llegando exhaustos al mediodía del sábado, sin que María Chacín, en todo el trayecto, pronunciara una sola palabra.

¿Dónde pudo estar para María el mal carácter, la dificultad de trato, la hosquedad para con extraños? Algunos admitían que ella tenía el típico temple zaraceño, que hacía de la amabilidad el último recurso para relacionarse. Se suponía que en tierras recias, la sequedad de trato permitía escarbar las almas rápidamente. Los desplantes de María, su manera de siempre decir lo que pensaba o sentía, así fueran imprudencias, le fue ganando adeptos. La gente le daba puerta franca en los hogares; le reía las malhumoradas, los desplantes, las groserías. Algunos veían en la soltería estricta, en la ausencia absoluta de pretendientes, la fuente de la amargura, pero por otro lado era precisamente su amargura la que la volvía especial, auténtica, inolvidable. Ya en Caracas, pese a los esfuerzos de Raquel, nunca llegó a ninguna casa, ni a la de Panteón ni a la de San José. Sencillamente se refugió en los hogares de las otras familias zaraceñas, las que ya habían emigrado, casi todas muy pudientes, donde la recibían como la última representación de la Zaraza clásica, con honores que se traducían en dormitorios y servidumbre exclusiva. Su primera estancia fue en casa de los Cañizales, que casi la adoptan.

En esa hermosa casona de Los Chorros se quedaba de dos a seis meses, para luego visitar a Madre por un día o dos, discutir o pelear con ella por cualquier minucia, y regresarse de vuelta a casa de los Cañizales por seis meses más. El mismo ciclo se fue repitiendo con todas las familias amigas, alternado con las vueltas a Zaraza, hasta que la vejez comenzó a importunarla y buscó el refugio que siempre había rechazado.

Entre María Chacín y Madre siempre hubo un abismo. Nadie se explica las explosiones súbitas, los desaires, los insultos. ¿Existiría una pizca de amor entre esas dos almas? Alguien admitiría que sí, que en el fondo se reconocían o necesitaban. La postura que Madre asumía era la de servirla, la de complacerla. Pero María reaccionaba como si no necesitara nada, o como si Madre no entendiera nunca lo que realmente la urgía. Era un diálogo de sordas, donde cualquiera de las dos mostraba una senda que la otra nunca tomaba. Madre se preparó y obró por años para traerla al regazo, para que formara parte del hogar, pero a fin de cuentas nunca vivió con nosotros, salvo por esos días de visitas esporádicas, que siempre terminaban en alaridos o portazos. Las familias zaraceñas la siguieron acogiendo, entre ciclos y hogares diversos, hasta que la vejez fue un obstáculo o las amistades (tan idas como ella) comenzaron a desaparecer. Un día, sin previo aviso, acompañada por algún sobreviviente, se presentó con sus baúles en la casa de San Bernardino. Cuando Madre le abrió el portón la descubrió cabizbaja, mas ella sin inmutarse entró al recibo y se acomodó en una de las poltronas, desde donde comenzó a detallar los arabescos del piso, como si una civilización diminuta se le revelara. Yacía allí, estrictamente sola, pero todavía con el orgullo señorial que se traducía en silencio seco, impenetrable, como el de tiempos ancestrales. Ante la falta de dormitorios, Madre se vio obligada a construir un segundo cuarto en la azotea, casi colindante con el de Armando, y allí la alojó hasta que sus inhabilidades fueron evidentes, poniendo en riesgo su propia integridad. De ese cuarto no volvió a salir: cocinaba, leía, recorría las viejas fotografías de unos álbumes, daba de comer a unos canarios en jaula, mientras la vista no la traicionaba o le hacía coger un objeto por otro. Trina la auxilió mientras su propio cuerpo, ya casi enjuto, se lo permitió, trayéndole por las tardes tortas con sabor a naranja o conservas de guayaba. Las cataratas le fueron nublando la vista, que de tanto esforzar le otorgó aspecto de bizca, y ya sobre los setenta años sólo pudo recurrir a la escucha, vegetando todo el día al lado de una radio que fue su único vínculo con el mundo: noticias, novelas o música melodiosa que la arrullaban sin saberlo. Se hizo un ser inexistente, que aun estando en casa nadie valoraba, hasta que perdió los estribos y Madre decidió internarla en un ancianato de Los Dos Caminos, donde religiosamente la íbamos a visitar todos los domingos aunque ella nunca nos reconociera.

Una de las razones por las que María Chacín permanecía o regresaba a Zaraza, secreto que la misma Victoria se llevó a la tumba, era la existencia de un hermano descarriado. La hipótesis se manejó en casa al tener noticias de un prontuario policial, cuando ya María Chacín estaba bien enterrada. El parentesco con el indiciado no estaba probado, pero anudando ciertos datos de viajes y uno que otro comentario extraviado, la especie se fue enriqueciendo con agregados y excesos: como ya nada había que temer, la aventura se hizo densa y copiosa. Al parecer, se trataba de un medio hermano, de nombre Nicolás Chacín, quien cosechó varias muertes e innumerables incidentes. La leyenda lo dibuja hosco, de hablar cañero, con un revólver al cinto, que nunca dudaba en usar. Era un hombre de las interioridades, de rostro oblicuo, a quien la guardia buscaba obsesivamente cada vez que tenía problemas con alguien. Su casa era incierta, o mudable, o no sólo una, pero en todas, a la hora de dormir, tenía la maña de colocar entre la puerta y el marco una cabuya que parecía más bien un manojo de hilachas. Si algún intruso o visitante inesperado traspasaba la entrada, un chirriar preciso lo despertaba a tiempo en su hamaca. Cualquier ruido infundado, o hasta el susurro del viento enconado en algún recodo, lo hacían huir con sus mulas y sus cofres dicen que llenos de morocotas. Pasaba largas temporadas lejos de sus fechorías o siniestros, de cuatro a seis meses, siempre hacia los llanos del sur de Anzoátegui, hasta que la cacería cesaba y los guardias volvían a sus cuarteles. Al cabo del hostigamiento regresaba, como si nada hubiera ocurrido, para propiciar otro duelo o desafío. En una de esas fugas, obligado a tomar la ruta de los llanos occidentales, se refugió en Apure, donde permaneció por más de un año. Allí conoció a quien trascendió como su única mujer, de nombre Adela, hermosa y templada como pocas en esa región atravesada por las crecidas. Habrán vivido de manera accidentada, sumidos en encuentros furtivos, hasta el día en que la dama tuvo alguna figuración política y emigró a Zaraza, creyendo que en esas calles de polvo el marido sería más visible. Pero se equivocaba, y también se cansaba de esperar lo que nunca llegaba. Terminó huyendo a Caracas, siguiéndole los pasos a María Chacín, quien era la única que le daba razón del marido prófugo. Un partido naciente,

Acción Democrática, la alistó en sus filas, mientras moraba de casa en casa, al igual que María, gracias a las bondades de las mismas familias zaraceñas que acogían a su cuñada.

Si un Nicolás ya ahuyentaba, dos de la misma estirpe, o de las mismas bajas pasiones, formaban un temible pelotón. En alguna calle despejada, o en alguna fuga conjunta, o en el mismo relato que los anuda, Nicolás Chacín coincide o se junta con Nicolás Felizola, el más enigmático de los hermanos de Irma. Qué fechorías habrán perpetrado juntos, o qué barra habrán compartido, o qué mujeres habrán intercambiado, es pasto de elucubraciones diversas. Fueron cómplices, tramaron asaltos, sembraron tragedias familiares, en algún momento con más intensidad que otro, pero también terminaron separados, huyendo por sendas contrapuestas. Irma Felizola, que fue la confidente de Carmelina, que fue la protectora de María Chacín, padeció como nadie los desvaríos del hermano: primero encubriéndolo como podía, pero luego sacándolo de la cárcel más de una vez. Ya para entonces, como todas las familias pudientes de Zaraza, los Felizola habían vendido la mayoría de sus propiedades y emigrado también a Caracas. Sólo Nicolás quedó vagando por esos llanos como una supervivencia de los viejos tiempos, de los viejos hábitos, mitad hombre mitad bestia, más fantasma que presencia carnal, incapaz de entender otros códigos distintos a un extraño sentido de la honra, bajo el cual un gesto, un mal saludo, un desplante o una traición podían convertirse en vidas condenadas o acabadas. En las visitas o conversaciones íntimas que, ya en Caracas, Irma podía sostener con Raquel, el patrón dominante era Nicolás: ¿dónde estaría?, ¿qué pasos daría ahora?, ¿con qué mujer se enredaría de seguidas para hostigarla y rebajarla a fango?

A Irma le costaba reconocer que una vez al año, de incógnito, Nicolás llegaba a Caracas como una manera de contraponer a sus barriales algún gesto civilizatorio. Pero el exceso de dinero, el alcohol, los caprichos y una rabia infundada lo descosían todo. Cuando tomaba –y tomaba mucho–, podía volverse muy belicoso. De allí que su muerte, como muchos sostienen, haya sido un acto de venganza. En Caracas, cada vez que venía, no se mantenía más de un mes, pero siempre reservaba una suite en el hotel Potomac y procuraba no salir. Atrás dejaba sus tierras, sus casas, sus peones, pero a la habitación se hacía llevar vajilla de lujo, manjares nunca probados, la ropa de estreno, las prendas para mujeres que podría pescar en medio de la farra. Y así hasta que se hartaba y volvía a sus predios. Siempre vivió solo y a sus anchas, con sus respectivos paréntesis de fuga y ocultamiento, y ya cuando su hermana Irma fue esposa del general Medina Angarita, el manto de protección (o la injusticia) fue aún mayor.

El rol que Irma se vio obligada a jugar con su hermano era semejante al que María Chacín quiso jugar con el suyo. Hay quien ha querido revisar las fechas de sus viajes de vuelta a Zaraza para encontrar coincidencias con las fechorías de Nicolás. ¿Cómo pudo, sin embargo, ser tan fiel a los descarríos? ¿Cómo o dónde lo frecuentaba? ¿Cómo se las arregló para mantener esa relación tan oculta hacia los suyos? Ni siquiera Raquel, tan intuitiva siempre, sospechó siquiera. En el plazo que medió entre la venta de la pensión y su definitiva venida, refugiada en casa de los Felizola, María Chacín lo ha debido frecuentar con menos cautela. Como para la época Zaraza sólo resumía enfermedad y diáspora, nadie tenía que estar pensando en situaciones que no fueran urgentes. ¿Habrán coincidido en haciendas de amigos comunes? ¿Habrán tenido algún sistema para mandarse cartas o recados? ¿Habrán gozado de la complicidad de personas intermedias? Y lo más difícil de prever: cómo habrá sido esa relación: ¿de respeto, de conmiseración, o más bien de reprimendas, de altercados permanentes? Sabiendo que Irma ya tenía una agenda secreta con su hermano asesino, ¿qué le costaba entender el caso de María Chacín y facilitar las visitas del prófugo en su propia casa? Las propiedades de Nicolás Chacín en los alrededores de Zaraza se desconocían, o estaban en manos de testaferros, pero de manera siniestra siempre se las arreglaba para supervisarlas o para sembrar en cada una capataces de mucha confianza. Uno de los viajes de María, según la crónica ha demostrado, coincidió no tanto con una nueva fuga sino con un sonoro y único arresto. El origen estuvo en una pequeña mina de granzón que Nicolás dejaba operar en manos de un italiano. Las relaciones fueron buenas hasta que el capataz de turno le dijo: «Mire, don Nico, yo creo que el italiano le está robando granzón». Al principio no hizo mucho caso, pero luego el comentario fue calando como la gota que de tanto caer termina quebrando la piedra. El día menos pensado se presentó en la mina, secundado por el capataz, y se limitó a preguntar: «Y dígame, Giovanni, ¿cuántos sacos monta en la camioneta al día?». «Veinte, don Nico» –contestaba el italiano sudoroso. «Usted me dice veinte pero yo cuento treinta, Giovanni» –mirándolo serenamente a los ojos. «Déjeme explicarle, don Ni...» –y antes de escuchar su propio nombre sacó veloz la pistola del cinto y grabó en la frente del italiano tres orificios rojos, perfectamente redondos. Con el capataz huyó por unos chaparrales, pero al cabo de dos días la guardia lo interceptó en un paso de río. Fue la única vez que María Chacín lo visitó en la cárcel.

La primera y única cárcel del tocayo Nicolás fue fruto de
una situación más imprevista. Andaba, para variar, huido, pero
los guardias lo cercaban al sur de Anzoátegui, por lo que debió
cruzar el Orinoco y refugiarse en Angostura. Entró a la ciudad
agotado, casi dormido, los cascos del caballo sonando sobre la
calle empedrada, a pocas cuadras del frontón donde fusilaron a
Piar. Dicen que hacia las cuatro de la madrugada, cabeceando y
con las riendas sueltas, el caballo atravesó la breve explanada de
lo que sería un mercado popular, tumbando un tarantín donde lucían acomodados coliflores y repollos. La bestia pisotea las
verdes cabezas rodantes y las destroza con sus cascos. Un cam-
pesino salta y le reclama fuertemente al jinete, sin saber que en
ese preciso instante lo despierta. Sin mediar palabra, como quien
sale del sueño y se encuentra con una escena inédita, Nicolás
Felizola desenfunda su pistola y perfora el pecho del campesi-
no. Los otros que lo secundan quedan inmóviles, mudos, sin
atreverse a nada, mientras Nicolás retoma las riendas y desvía la
bestia en dirección contraria. Hasta allí duró su protección, pues
cuando Irma llegó a la ciudad, cuatro días después del incidente,
ya lo habían apresado y encarcelado. Lo buscaron insistentemen-
te, por todos los caseríos aledaños, tal sería el reclamo de lo que
se podía convertir en poblada. A Irma le pareció conveniente
guardar las formas, invertir algo de tiempo y jugar a la desme-
moria de los reclamantes. Al cabo de unos diez meses terminó
saliendo del presidio, pero bajo la advertencia firme de la hermana: hasta allí llegaría el manto protector, hasta allí duraría la
tolerancia frente a sus andadas. «Quien quiera vengarse de tus
atropellos —dicen que fue la última frase pronunciada—, tiene
todo el derecho de hacerlo».

Hijos no tuvo Nicolás Chacín, ni siquiera con Adela. Con el tiempo surgieron vástagos que hablaban de madres abandonadas, pero no reconoció a ninguno. Se arrejuntaba con mujeres variables, de ocasión, que encontraba en las rutas o que lo esperaban en los últimos caseríos, cuando ya la fuga se transformaba en cansancio. Un lecho aquí y un lecho allá, calor de vientre para amancebarse, pechos rociados de licor para beber de ellos hasta la intoxicación. Meses después de la muerte de María Chacín, y vuelto una especie de anciano patriarca, cuyas maldades ya nadie recordaba, visitó a Madre en la casa de San Bernardino. Quiso elevar sus condolencias a quien merecía recibirlas, quiso presentarse como un pariente lejano, quiso ser cordial cuando ya no tenía con quién. A Madre la siguió visitando, tres o cuatro veces más, y casi siempre llegaba con prendas que representaban porciones del llano: un cenicero horadado en una pezuña de vaca, unos cubiertos blanquinegros recortados sobre cacho de toro, una cantimplora borlada de cuero muy fino. Se fue deshaciendo con los días, ganando en cortesía pero también en soledad. Parecía pedir perdón cuando saludaba, cuando se despedía. De su última visita, Madre recuerda el liquilique color crema, que le cerraba el cuello como soga de ahorcado. Se presentó con un muchacho aindiado, elegantemente vestido y peinado, de unos doce años, a quien presentó como un hijo adoptado. Lo llamó también Nicolás y secretamente buscaba que Madre le diera la bendición. Poco tiempo después murió, no se sabe cómo ni dónde. Pasaron unos años hasta que una rama de los Chacín, sobrevivientes de la peste, reclamara ante un juzgado de Zaraza una fortuna que se calculaba para entonces en unos cuarenta millones de bolívares. Para estos parientes lejanos fue una deshonra descubrir que don Nico había dejado toda su herencia en manos del hijo adoptado. Escandalizados, contrataron abogados y trataron de impugnar el testamento, pero al final nada pudieron hacer: les bastó ver en la corte la mirada señera del indiecito (un hombre graduado en Leyes cuya dicción ensombrecía a los campurusos) para entender que Nicolás Segundo nada iba a consentir.

Los aires de venganza terminaron siendo la sombra de Nicolás Felizola, tal habrá sido el rosario de deudos que dejó a su paso. Ya fuese en sus huidas llaneras o en sus viajes a Caracas, tal como lo advertía Irma en su premonición, su aura protectora se desvanecía. No fue, sin embargo, un acto de retaliación el que acabó con su vida, sino más bien una historia de amor, la única que se le conoce. Todo parece tener origen en una de las visitas a Caracas, cuando llevado por amigos a un nightclub conoce a una bailarina española que lo cautivó sin remedio. Durante el correspondiente mes de estadía, se la llevó al Potomac y la volvió ave de su jaula de oro: le ofreció cenas magníficas, la llenó de champaña fina, le hizo traer vestidos de las mejores tiendas, la acostó entre sábanas de seda para que su cuerpo refulgiera bajo candelabros cuidadosamente ubicados. Así hasta agotarla de excesos y extenuarse él. Así hasta el día en que la estadía llegaba a su fin y los montes llamaban. Nicolás pensaba que la española era una mujer como las otras, prescindible después de noches en vela, descartable después de actos de saciedad. Pero algo flotaba en el ambiente, algo como una melancolía anticipada, algo como un sentimiento roto. En la última cena del encierro, vestida para la ocasión con telas que la hacían brincar por la suite como una grácil gacela, Nicolás la miró a los ojos y le dijo: «¿Tú no querrás venir para mi hacienda y pasarte unos días conmigo?». La gacela sonreía mientras negaba con la cabeza: «¿Y para qué quiero yo una hacienda?». «Vente por un mes y probamos —el ogro ripostaba entre risueño e insinuante—. Te juro que no te faltará nada». La mujer se fue con su anfitrión, más curiosa que convencida, quizás con la idea de sumar un poco más de paisaje antes de regresar a su nightclub. Allí la albergó Nicolás en una de sus casas de hacienda, la más distinguida y reservada, con una servidumbre dispuesta a todo: a colgarle o bajarle hamacas, a llevarle cuanto manjar quisiera, a llenarle la tina con agua tibia y pétalos de rosa. Ciertas noches rituales, como si de un montaje teatral se tratara, los peones mataban una ternera y montaban los costillares envarados sobre una gran fogata. La reunión terminaba en fiesta: se tomaba ron, llegaban los cuatristas, se sumaban los maraqueros, se juntaban las parejas en torno a un joropo escobillado. Si ya la escena creciente deleitaba a Nicolás, suspendido en su hamaca, cuando la española se unía al conjunto con requiebres y zapateos flamencos la audiencia callaba y suspiraba. «Ésta será toda mía esta noche» —murmuraba el viejo lascivo mientras lamía desde lejos a la silueta que cercaban las brasas. Pero el hartazgo, predecible, llegaba reptando: dos o tres semanas bastaron para que la española supiera la exacta rutina de esos rincones, donde los días se esfumaban entre la resolana de las mañanas y el fuego circular de las noches. Si a ello sumaba la plaga de los atardeceres, la ausencia de amigas y la falta de mundo de esos seres fantasmales, se entenderían las reacciones ulteriores. «Yo me quiero ir» —parece que le dijo una noche al regresar de la danza de la fogata, poco dispuesta a dejarse tocar. Su anfitrión, paciente, volvió a escuchar la amarga frase tres noches más, con la esperanza de que los vientos soplaran a su favor. Guardó silencio por todos esos días, quizás esperando el embriagamiento de la cuarta noche para tomar fuerzas y espetarle: «¿Que te quieres ir? Pues será sobre mi cadáver». Escuchó cadáver y la española se le abalanzó con rodillazos en la ingle y arañazos en la cara, dominándolo con facilidad. A la mañana siguiente, entre adolorido y perplejo, Nicolás llamó a su capataz, también español, y le dijo con rabia: «Llévate a esa mujer. Dale lo que necesite. Y déjala en el camino con su baile para que se vuelva a Caracas». Dicen que el capataz, para no abandonarla en medio del polvo, la acompañó hasta Zaraza, tardándose más de la cuenta. Llega el capataz de vuelta y, siempre desde su hamaca, Nicolás lo sorprende con estas palabras: «¡Bonita que les quedó la gracia! ¿Ya se te fue la sirvientica? Tú me has estado engañando, miserable». Y conforme lo decía, iba sacando la pistola del cinto. En toda la extensión de los llanos, desde Apure hasta Anzoátegui, tenía fama de gran tirador. Pero esa noche la mano se le enredó entre los pliegues de la hamaca y el capataz fue más rápido. Su cuerpo quedó tendido, oscilante por el juego de las alcayatas, con un círculo rojo en la frente, mientras la española huía sin saberlo por encima de su cadáver. Nicolás se iba solo, sin herederos, a no ser que se contara al muchacho alocado que mantenía en otra de las casas. Su único hijo, o reconocido como tal, permanecía en un cuarto austero, hecho con muebles de madera bien lijados, para evitar golpes o filos sobre la piel. Su lengua era la de los alaridos; su encono, infinito. No podía ver a mujer alguna, porque se le abalanzaba como un orangután. No podía comer en presencia de los otros, porque devolvía los bocados y dibujaba con las inmundicias. Esperaban hasta que fuera de noche y se durmiera para introducirle la comida por una portezuela. Era su desgracia en vida, era un animal sufriente, era el revés que concentraba todo el dolor infligido a los otros.

Madre recordaba siempre la casa de Panteón, y aún más la casa precedente, la de los orígenes, donde Padre debió dejarla por al menos dos años para poder seguir con sus rutas. En esa casa la acogía su suegra, María Levy, quien la va convirtiendo en su hija a base de consejos, comentarios y frases sagaces. Para ese entonces, con la abuela María aún vivían sus hijos Manuelita y Enrique, pero también una hermana, de nombre Elisa, a quien todos llamábamos Mamatía, una especie de santa que aún retrasaba su ascenso a los cielos. La capital que Madre conoció, la de las calles empinadas y la de los faroles, la de los pregoneros y la del frío decembrino, fue la misma de Manuelita, a la sazón su cuñada, pero en verdad dos hermanas que se hicieron cómplices entrañables. Las unía la edad, el frescor, la sangre que se precipitaba más allá de las venas. Es de imaginar que Manuela fue la preceptora urbana de Raquel: las maneras, los modales, los ritos, las creencias; y es también de imaginar que Raquel pudo hablarle a la joven pretendiente de lo que podía significar el matrimonio, las artes amatorias, los caprichos de la carne. Por un lado, manuales de urbanidad; por el otro, secretos de alcoba. Debemos verlas con faldas largas, caminando por las elevadas aceras de Panteón, abanicándose en los poyos de las ventanas. A Raquel se le iban los días esperando a su esposo viajero; a Manuela, imaginando qué mozo de las familias aledañas conquistaría su corazón. Dos esperas encontradas, concluyentes, azarosas. Las primeras escenas sociales de Madre fueron las que

Manuelita puso a sus pies: sus amigas, las tiendas de ropa, los abastos, las misas de los domingos. Como cualquier caraqueña que se preciara de tal, Manuela le enseñaba a Raquel el recato, la contención, la reserva, y ella iba borrando de su porte zaraceño todo lo que oliera a bosta y polvo. Sin embargo, en ese paulatino proceso de sustitución de identidades, Manuela celebraba todavía la espontaneidad de su cuñada, ciertas salidas jocosas, cierto desparpajo. Como la ciudad le deparaba sorpresas, descubrimientos, ella no ocultaba sus reacciones, sus pensamientos. En general, sonreía ante cualquier señuelo de vida: si una doncella fruncía el ceño al averiguar su origen, sonreía; si un pregonero se le acercaba con terminales de lotería, sonreía; si un sastre de bigote hirsuto le mostraba unos ligueros de costura parisina, sonreía. La ciudad, finalmente, la maravillaba: su extensión, su complejidad, la variedad de seres, la velocidad de los caminantes. Manuela, a su vez, disfrutaba al presenciar ese aprendizaje desde el primer palco, como si ella moviera los hilos de todos los títeres. Era su muñeca, su madre, su hermana... todo a la vez.

Después de mucho andar y ansiar, Manuelita terminó casada con un señor de nombre Rafael Zavala. No recuerdo si era del vecindario, pero al menos sí de los círculos que Manuelita frecuentaba. Contrajeron nupcias y se mantuvieron en esa casa de Panteón por algunos años más. Fue un matrimonio compacto, organizado, que se debatía entre el cariño y la conversación vespertina. Veo aún a Zavala con paltó cruzado y a mi tía Manuela en una dormilona siempre blanca que en algún momento del día se convertía en bata de casa. Envejeció con el rostro siempre rozagante y con el cabello cada vez más canoso, como si desde atrás le creciera una corona de nieve. Tuvieron sus hijos uno tras otro –Manuel, Cecilia, Totón, la traviesa Ñaña–, y todos esos primos de Padre se hacían presentes en las reuniones, en las visitas, en las fiestas. Los hijos crecieron y emigraron a otras partes de la ciudad, pero curiosamente Manuela, incluso después de la muerte prematura de don Rafael, se mantuvo en su casa natal hasta el día de su desvanecimiento. A sus setenta u ochenta años, cuando para la ciudad creciente llegar a Panteón sólo podía significar querer visitar los restos del Libertador, Manuela se mantuvo fiel al paisaje íntimo de su patio interior: helechos desbordantes, begonias en tarros de arcilla y dos canarios que dialogaban en susurros. Murió como evaporada, sin avisarle a nadie, como si la trastienda hubiera estado siempre allí, llena de ángeles que nadie advertía.

Relato distinto fue el de Enrique López Levy, hermano menor de Padre: su pérdida y devoción. Fue el benjamín de doña María, pero de sus tres hijos el primero en morir, incluso entre sus propios brazos. Para Manuelita, un dolor que nunca cesó; para Antonio, un sentimiento culposo que lo acompañaba como sombra en las rutas del llano. ¿Qué debilidad lo trajo siempre contra el suelo? ¿Qué influjo lo retuvo siempre en su caparazón? Sin duda se hacía querer, entre jovial y caballeroso, pero esa sonrisa no era su último resquicio: algo en el fondo, innombrable, lo habitaba. Mamatía, quien casó ya un poco madura, lo adoptó siendo niño, con bondades excesivas, pero también lo sufrió como su única herida, como su única razón de rezo, cuando ya adulto desvariaba. Como estudiante no fue sobresaliente, como empleado tampoco se destacó. Decía conocer gente que en verdad no conocía, estar en negocios que no existían, emprender viajes que nunca se daban. Su mente funcionaba, fabulaba, pero en eterna discordia con la realidad. ¿Creía él sus propios relatos? ¿Los creerían los demás? En la respuesta, en la escucha de los familiares, había complacencia, simulacro, o quizás más bien cariño, temor, angustia: un principio de demencia latía agazapado y nadie se atrevía a reseñarlo. Terminó siendo hombre de la calle, con idas y venidas, con quehaceres o inventos falsos, como si un mundo paralelo, desconocido, hiciera siempre falta para esconder las miserias del propio, que era y fue siempre irresoluto: él sabía de su caída, que mantenía a raya dando saltos o buscando atajos que nunca llevaban a ninguna parte. Las malas compañías, o los seres que sabían de su rostro real, o los acompañantes nocturnos que de alguna manera lo cobijaron, fueron los primeros en saber de sus tropiezos: dos o tres tragos, la cuenta siempre corta, bastaban para transformarlo primero en un prospecto confianzudo, hablachento, pero de seguidas en una criatura delirante, que igual aullaba como caía, abrazaba como rezaba arrodillado. Ya la rutina de los veinte años incorporaba salidas de casa a las diez de la mañana, siempre bien trajeado, y discursos delirantes que, en cualquier botiquín, sobrevenían hacia el mediodía. Entonces las tardes de Panteón se convertían en una espera amarga, temblorosa, en las que Mamatía no salía del cuarto, Manuelita se asomaba constantemente por las ventanas y doña María recorría las cuentas de su rosario. Padre siempre lamentó no poder estar presente para remendar una situación sólo tolerada por mujeres: sus rutas se hacían más frustrantes y sus retornos más ansiosos, pues los pocos días en Caracas no daban para todas las conversaciones, los cuidados o las aperturas que su hermano Enrique exigía. Más de una vez lo tuvo que buscar en bares de la periferia para traérselo arrastrado y encerrarlo en el cuarto, más de una vez en las mañanas no sabía si reprenderlo por la noche anterior o acompañarlo en una conversación que se hacía imposible: en el corazón de la fraternidad se sentaban dos seres desconocidos, separados por la edad, las costumbres y la soledad. Enrique lo veía a los ojos y sonreía, con cierta ternura, como diciéndole «soy tu semejante», pero hasta allí llegaba el acercamiento, las tentativas huecas, el discurso del vacío...

[*Introito:* En la única imagen que guardo de mi tío Enrique, yo estoy jugando fútbol. Eran las cuatro de la tarde y los curas nos permitieron usar la cancha para dirimir una apuesta secreta. Desde hacía meses, me lucía en el arco, con estiradas espectaculares que querían emular a la «Araña Negra». Los equipos improvisados se disputaban mi presencia, y en el pare y none de los capitanes, yo salía escogido de primero por mi estatura y mis reflejos: la portería estaría a resguardo. Un delantero escurridizo, ya en pleno juego, dispara y yo desvío al córner con la mano alzada. La bola se pierde en la calle trasera y tengo que saltar la verja para buscarla en una zanja. Vengo trotando de vuelta, con la bola recuperada, y hacia la calle veo un hombre que se viene tambaleando. «Cuidado con el borrachín» –siento que dicen desde el campo, quizás el mismo delantero escurridizo. Me detengo y espero que el hombre pase primero, no vaya a ser que en su bamboleo se me venga encima. Pero cuando levanto la cabeza y lo veo a los ojos, descubro a mi tío Enrique. Sentí parálisis, dolor, culpa, pero no quise, no pude intervenir. Dejé que pasara de largo, sin que me reconociera, sin darme por aludido, sin que mis compañeros sospecharan que allí había un vínculo. Me negué a auxiliarlo, a llevarlo a casa, porque a mi edad hubiera sido vergonzoso hacerlo ante los jugadores amigos. Preferí el anonimato, la falsedad, las convenciones, y lo dejé en su danza de tropiezos, de imágenes líquidas, de diario bochorno. Con el tiempo, es un gesto que no me perdono; con el tiempo, siento que yo también contribuí a esa muerte.]

En sus últimos años de vida, quien se hizo cargo de Enrique fue su primo menor, Luis Enrique Olarte, quien siendo médico tenía más autoridad para imponerse que el ramillete femenino que permanecía expectante en casa, confiando en que el errante pariente reapareciera como expulsado por las calles crepusculares. Incluso Madre, en sus pocos años de estadía en Panteón, se inventaba paseos y rutinas para distraerlo y desviarlo de las calles que lo amortajaban. El día en que, en medio de un almuerzo, con María, Mamatía y Manuela sentadas en sus respectivos puestos, con dosis espesas de silencio por lo que la tarde podía deparar, Raquel emitió la siguiente frase: «Enrique está enfermo», la aprensión colectiva se convirtió en liberación, en estado de conciencia. «Tomar también puede ser una enfermedad» –remataba Raquel, entre incisiva e ingenua, para asombro de sus condiscípulas. Era la misma línea de pensamiento que abonaba Luis Enrique, siempre cauto y racional, sintiendo que si no cuidaba al primo con algo de rigor y ciencia sus días estarían contados. Conversando entonces con un colega de estudios, a la sazón director de un sanatorio, convinieron en recluir a Enrique por al menos tres meses. La tesis señalaba que si las rutinas se quebraban, si la sobriedad se inducía hasta limpiarle el cuerpo y la mente, el andariego volvería a sus cabales. Cuentan que en el sanatorio recibía a los familiares como si fuera su casa, como si despachara desde sus oficinas, con amabilidad y simpatía, bastante relajado entre el humo del cigarrillo que a veces le dejaban fumar, siguiendo las volutas de humo como pensamientos que se escapan. La familia se acostumbró a llevarle frutas, sobre todo manzanas y ciruelas, y también arepas gruesas, de maíz pilado, que él partía como hostias para llevárselas a la boca ceremoniosamente. Era un hombre magnífico, de conversación inteligente, de sensibilidad profunda, que a veces, en el fragor del intercambio con los suyos, encontraba tiempo para mirar directamente a los ojos y reflejar algo de vergüenza por su estado. Estaba protegido, custodiado, y quién sabe si en el fondo llegó a pensar que ése podría ser su estado ideal. Los tres primeros meses pasaron y todos confiaban en que la cura sería una realidad. Y de hecho lo fue, pues de vuelta a Panteón parecía otro ser, entre risueño y emprendedor, siempre con ideas nuevas, hasta que la fantasía se evaporaba y los botiquines llamaban a la puerta. Como respuesta a la primera recaída, Luis Enrique se inventó una segunda reclusión, esta vez de seis meses, confiando en que mayor aislamiento se tradujera en mayor entereza. Las visitas se repitieron, igualmente las frutas, igualmente las conversas: el enfermo como un ser jovial, agradecido, contento de compartir con los suyos. Pero los ciclos eran ya una marea profunda, ingobernable, que del sanatorio lo llevaban a Panteón y, de Panteón, al cabo de las primeras semanas, al primer botiquín de turno. Cuando después de cada reclusión, subrepticiamente, la primera recaída alertaba a los demás de que la cura no llegaba, Enrique amanecía con resaca y, como única reacción, en medio del desayuno, se acercaba a quien más sufría por él para decirle al oído: «Perdón, Mamatía, perdón». Una lágrima quedaba contenida como arco diminuto, en el borde del párpado, represada por aquella anciana que lo veneraba desde niño; una lágrima quedaba también inmovilizada, ahogada por aquel cuerpo que todo lo absorbía, cuando se tuvo noticia de su muerte. Los mensajes llegaban desde el sanatorio, como serpientes silentes, y reptaban por las calles y los oídos hasta sucumbir en el patio de la casa de Panteón. Allí cesaba de pronto la danza de los helechos y el susurro de los canarios, allí el luto de los elementos o de los seres vivos se impuso para despedir a Luis Enrique cuando aún no había cumplido los treinta años de edad.

Nadie supuso que Mamatía, vieja santa, pudiera casarse. Ocurrió sin que su hermana María o Manuelita reconocieran amoríos previos o pretendientes. Como casi no salía, salvo para comprar víveres o ir a la misa, la aparición en escena del viejo Olarte fue un episodio inexplicable. No era un hombre del círculo caraqueño, sino más bien oriundo de Acarigua, que parecía tener un negocio de distribución de alimentos en lo que después sería el mercado de Quinta Crespo. La única hipótesis que pudo venir en nuestro auxilio es que, sabiendo de las salidas de Mamatía, exhaustiva en la búsqueda de hortalizas e ingredientes, lo haya conocido en su propio negocio. No se llegó a admitir que el matrimonio haya sido por conveniencia, aun sabiendo que Mamatía era el más piadoso de los seres, pero tampoco que la junta fuese ejemplo de armonía. Sencillamente, se acompañaban y toleraban, cada quien en su mundo, o cada quien sin rozar la esfera del otro. Mamatía era educada, culta sin admitirlo, bondadosa, fiel creyente, mientras Olarte era hombre de calle, un poco gris aunque trabajador, de hablar torpe y sintético: cuando le preguntaban sobre algo que lo rebasaba, prefería sonreír y pasar a otra cosa. A su manera, también era bondadoso, aunque los gestos lo traicionaran e indicaran lo contrario. Olarte, sin embargo, no vivió lo suficiente como para fijar en Mamatía hábitos de pareja: un rapto cardíaco se lo llevó a mediana edad, mientras movía cajas de un sitio a otro. Dejaba a Mamatía, declarada primigesta añosa por su partero, no tan triste como embarazada, con el único hijo que tuvieron en formación. La viudez prematura y la crianza tardía, extraño mosaico de combinaciones, la volvieron más devota y más dedicada, también más desprendida. A Luis Enrique se dedicó con adoración absoluta, como una virgen que consuela a un ángel, pero mientras el varoncito crecía y se volvía hombre, la santa se volcaba a los otros: peregrinos o visitantes, pordioseros o míseros. Ya en plena adolescencia, Luis Enrique aprendió a esconderle las pertenencias, mudándolas de la peinadora al armario, de la mesa de noche al seibó. Y es que si una mujer necesitada tocaba a la puerta, Mamatía se desprendía de una joya; o si un sirviente se presentaba con un hijo enfermo, Mamatía rebuscaba billetes para comprar medicinas. Su último hogar, casi recinto paralelo, fue una pequeña capilla de Panteón («Me voy a la capillita» –decía después del desayuno), adonde iba con velo y rosario todas las mañanas. Allí repetía los rezos, como abejorro que susurra, mientras recorría las cuentas del rosario, cada una de las cuales iba sujetando entre el pulgar y el índice, como quien tienta un grano de café. Y luego en casa, a horas precisas de la tarde y noche, retomaba el rezo y las cuentas, esperando un desenlace o entreviendo a un ser luminoso que la esperaba del otro lado de la puerta. Tantas plegarias, tanto énfasis susurrante, tanto ensimismamiento, ya la apartaban de este mundo, ya la hacían levitar. Era un ser superior, celestial, digno de reseñarse o pintarse en algún óleo de la revelación.

Luis Enrique heredó las mejores virtudes de la madre: fue igualmente bondadoso, atento, sensible, aunque a veces también podía ser riguroso, incluso solitario. Fue formado por los jesuitas del San Ignacio, con dedicación y exigencia, y pudo viajar desde muy joven a Europa y Estados Unidos, parcelas de vida a las que siempre se refería. La poca fortuna de los Olarte Levy, amasada por el padre a costa de víveres vendidos, se invirtió toda en su educación y luego en alguna propiedad que terminó siendo su casa. Si a esto sumamos sus estudios de medicina, que concluyó con honores, se puede decir que problemas materiales no tuvo, sino más bien posibilidades que no todos compartían. Fue fundamentalmente un estudioso, que se exigía mucho a sí mismo, y quizás la obsesión por el conocimiento lo convirtió en un solitario, pues sólo la conversación con sus pares, o con gente muy entendida, lo elevaba. Recién graduado, lo contrataron en el dispensario médico que tenía la Shell en Lagunillas. Y allí, por maduro y estricto, lo hicieron jefe de departamento al cabo de un año. Regresó a Caracas para montar consulta propia, la cual mantuvo en diferentes clínicas y hospitales, hasta el día en que su pierna derecha le impidió seguir ejerciendo.

Debo decir que conmigo Luis Enrique siempre tuvo especiales cuidados, quizás porque me veía como la generación siguiente a la de sus primos López Levy. De Padre fue muy cercano, a pesar de las ausencias, y a Enrique se dedicó en cuerpo y alma, sobre todo durante los últimos años del sanatorio, confiando en que la ciencia médica sería superior a los bajos sentimientos que terminaron llevándoselo. Esa pérdida dolorosa, que vivenció como agua que se va entre las manos, no se la perdonó nunca y lo hizo descender algún peldaño. Quién sabe entonces si, para compensar lo que veía como un fracaso, se decidió a adoptarme. Y fue precisamente en ese período gris de la familia, cuando Padre dejaba para siempre el polvo de los caminos sin que Caracas le ofreciera opciones de trabajo, cuando la fábrica de chocolates apenas escupía sus primeras panelas, que Luis Enrique estuvo más pendiente de mis andanzas. Así, con la docta convicción que lo caracterizaba, una tarde se acercó hasta la casa de San Agustín y le dijo a Padre mientras sorbía un café: «Este hermoso hijo tuyo de doce años está en una edad crítica y ustedes andan con muchos apuros. Es importante darle guía, porque en estas épocas sobran los extravíos. ¿Por qué no dejas que me lo lleve a casa por un tiempo? Mamá y yo estaremos muy pendientes de él». Padre y Madre parece que conversaron largamente esa noche y al final, viéndose las caras entre complacidos y temerosos, o más bien entendiendo que para paliar premuras buenos eran esos apoyos, asintieron agradecidos.

El período de convivencia con Mamatía y Luis Enrique habrá durado unos cuatro años. No tuve la misma libertad que en casa, obviamente, pero esas ligeras restricciones me hicieron mucho bien. Esencialmente, si me obligo a recordar, diría que fueron años de dicha, de aprendizajes que nunca se borraron. Sin quererlo, o más bien proponiéndoselo, Luis Enrique fue como un tutor para mí: no podía llegar a casa después de las siete, no podía descuidar los estudios, no podía dejar de asearme todos los días. Si acaso traía malas notas en inglés, entonces me buscaba un profesor; si acaso la falla era en matemáticas, entonces conseguía un estudiante universitario que me ayudara con las tareas. Los sábados me llevaba al fútbol; los domingos, a clases de voleibol. Me compraba toda la ropa, los zapatos, los útiles escolares.

Yo iba sintiendo apego, protección, algo que debe haber rozado la felicidad. Si Luis Enrique era el amor riguroso, comprensivo pero exigente, Mamatía era el contacto físico, los caprichos, los consentimientos. El rapto emotivo fue tan fuerte, tan sostenido, que, a partir de un punto, Luis Enrique más bien me obligaba a recordar que tenía padres y que debía visitarlos: yo volvía entonces a esas casas, en San Agustín o El Conde, para reconocer la rutina ciega de mis tías, y contaba las horas para regresar al regazo de Mamatía, creyendo que mi fantasía de Panteón era un reino superior, que iba de alumbramiento en alumbramiento. Y así el contrapunto entre la abundancia y la escasez, entre el amor pleno y el amor fugaz, hasta que todo cambió con la española. De uno de sus viajes a Europa, en efecto, Luis Enrique regresaba anunciando romance y, lo más sorprendente aún, un próximo matrimonio. El hombre abandonaba su soledad, la tiraba al traste como ropa vieja, y abrazaba un nuevo destino, aparentemente de dicha. Pero si ya la presencia de Mamatía, entrada en años, era un estorbo para la española, ¿qué decir de esa especie de ahijado que recibía tratamiento de príncipe? La española quería fundar hogar y yo sencillamente era algo menos que un jarrón chino. Comenzó entonces a traer muebles, a cambiar retratos, a modificar la cocina, mientras cada día me apartaba más a mi pequeño cuarto. Aunque amable, de buenas maneras, intuyo ahora que mi presencia no ha debido ser para ella más que una imposición, imposición finalmente fallida, porque a la larga mi incomodidad fue grande y mi decisión estaba tomada: me regresaría a casa de mis padres. El niño ya estaba en sus catorce y podía intuir, con sentimientos propios, las exigencias de la vida en pareja. El día en que Luis Enrique intentó hablar conmigo –fue la primera vez que lo vi llorar–, yo me adelanté y le adiviné las palabras. Fui al cuarto a hacer la maleta y atravesé los espacios de mi vida breve como arrancando de mis ojos todo lo que podía afectar mi recorrido. Supe después que Mamatía salió por un momento de sus rosarios y, con verbo tosco, precipitado, le reclamó fuertemente mi ausencia. Yo dejaba atrás la casa magnífica, los libros ordenados de mi cuarto, las amistades que Luis Enrique convocaba de tarde en tarde, el vehículo espléndido traído de Estados Unidos que era la envidia de los vecinos, los diez cuadros al carboncillo colgados en las diferentes paredes que le había comprado directamente al alucinado pintor de Macuto. Si bien es cierto que, con la española, Luis Enrique nunca pudo tener hijos, ¿quién sabe si el más próximo, el que acaso pudo haber sido, el que siguió visitando hasta el año de su muerte, viviera donde viviera, lo dejó salir impertérrito aquella tarde por entre los espacios que eran propios, sin fuerza suficiente para arrebatar las circunstancias confusas e imponer un deseo que sólo sintió nítido cuando ya la cuenta de sus días se llevaba con los dedos de la mano?

Los años postreros de Luis Enrique están dominados por la demencia de la esposa. Es el relato que la familia añeja, pero a esa desgracia se han debido sumar los desafectos de todos, pues la española, ya sin el estorbo de Mamatía, seguramente contando el rosario pero en los cielos, fue expulsando del hogar todo lo que fuera historia anterior o parientes extraviados. Es cierto que Luis Enrique fue abandonando la consulta privada y abrazando compromisos públicos, bajo una onda compartida por colegas de todas las disciplinas de que el país enfermo merecía ser saneado, pero la creación de un dispensario en Santa Rosalía, que él mismo fundó, o su incursión en el Seguro Social, donde se desarrolló como epidemiólogo, no fueron causas suficientes para ahogar el dolor por la esposa enloquecida. En un arrebato sin origen, la española había destrozado los cuadros de Reverón, roto algunas piezas que Luis Enrique tenía como coloniales, estrellado porrones donde evolucionaban helechos legendarios. La casa de las pausas solariegas, de las especies húmedamente frondosas en el patio, de las jarras de porcelana, de los aguamaniles nacarados cuando ya toda la ciudad usaba lavamanos, de los cuadros con rostros adustos de hombres y mujeres, se venía al piso en medio de la furia y la inconsciencia. Las tardes de descanso o de visita de los amigos, las tardes de lecturas en el patio o de música acompasada en los oídos, se sustituían por un sistema de vigilia, de acompañamiento, que evitaba mayores dolores y mayores espasmos. Para entonces algunas familias amigas, como los Soublette y los Mancera, se mudaban al este de la ciudad y dejaban a Luis Enrique más solo, más desprotegido, con su loca hilarante danzando entre los helechos. Dicen que el punto de quiebre, hipótesis no confirmada, sobrevino con el terremoto de 1967, al perder la española su único hermano, sepultado por escombros. Así, lo que comenzó entonces como dolor se convirtió en gradual demencia: un espacio anímico en el que romper o quebrar eran sinónimos de algún tipo de recuperación, una figuración en la que los destrozos unidos podían recuperar la eventual forma que el cadáver del hermano tuvo bajo el peso de los muros desprendidos. Sólo la música clásica, con especial dominio de los violines, parecía calmar a la fiera y ensimismarla hasta la parálisis. Luis Enrique descubrió por azar la terapia y la aplicó diariamente, convencido de que la armonía restituía un mundo paralelo en esa mente atormentada. Para entonces el Teatro Municipal, que quedaba a pocas cuadras, ofrecía programación novedosa con violinistas y pianistas europeos todos los fines de semana. Y como rutina o esparcimiento, después de sedarla en casa con melodías sucesivas, vestía a la española con sus viejos atuendos de dama presumida y se la llevaba del brazo por todas las cuadras que mediaban hasta el teatro, sentándola finalmente en un balcón lateral, el mismo de siempre, lo más alejado posible de todo público. Y desde allí, más de una vez, en medio del solo de un concertino, cuando alguien creía advertir una desafinación del ejecutante, Luis Enrique celebraba con sonrisa contenida el alarido leve, más hilo sonoro que otra cosa, que se desprendía de la garganta de la española para sumar una nota extraviada al concierto. Estas rutinas musicales se extendieron hasta que la intranquilidad reapareció y Luis Enrique debió confinar a la española a un sanatorio (¿el mismo de su primo Enrique?). Con la casa desolada, más destrozos que hechura o memoria, aprovechó para vender todos sus trastos y mudarse a un apartamento de la avenida Andrés Bello. Allí envejeció solo, con la misma intimidad de sus años mozos, hasta que un día amaneció con la pierna hinchada, al punto de tener que recurrir a unas tijeras para picar el pantalón. Un colega de los tiempos universitarios, oncólogo afamado, le ahorró el diagnóstico después de practicarle exámenes varios. Vivió tres meses más con una extremidad que era carnosidad pura, casi un muñón, sin pedir ningún tipo de asistencia. Un vecino pidió auxilio a la policía cuando ya el olor se hacía inexpugnable.

Yo crecía en hogares variables, entre los míos, experimentando cada vez nuevas sensaciones. Lentamente dejaba de ser niño y la vida se me mostraba de otra manera. El niño crece en la inconsciencia, pleno de felicidad, pero ya el adolescente comienza a reconocer valores, ya sean de grandiosidad o bajeza. El cambio de hogares, incluido el exilio con Luis Enrique, remitía a los apremios de una familia numerosa: muchas bocas para pocos bienes; la mudanza de las imágenes, por otro lado, te hacía reconocer la decadencia donde antes sólo había inocencia. Una primera impresión del niño que crece, recuerdo con fidelidad, es entender que su familia es hasta cierto punto impresentable: lo eran al menos las tías (trilogía desbordante a la que su propio círculo de amistades zaraceñas no respondía), o las fugas misteriosas de Rafaelito, o la variabilidad mitómana de Armando. Frente al hogar desvencijado, yo atesoraba la nueva hazaña de Luis Enrique: haberme encontrado cupo en el colegio San Ignacio para que yo tuviera una educación digna. Con los curas detrás de mis correrías, con las maestras que me enseñaron a pronunciar y acentuar, con los amigos que me introdujeron al fútbol y a los campamentos, comencé a construirme una realidad paralela, ajena a la vergüenza que me provocaban el hogar y la familia. Allí mis modales cambiaban, mis valores se alternaban, mi estilo evolucionaba y conquistaba nuevas formas. Mis amigos de curso provenían de familias pudientes, cultas, atentas, y en el seno de esos hogares, generalmente amplios y cálidos, comprendía la estrechez del mío, el abismo de los rostros inconclusos. Siempre mantuve silencio sobre los míos y evité que mis compañeros visitaran cualquiera de mis casas, urdiendo excusas de todo tipo. Me hice adoptar más bien por los otros, y terminé haciéndome hijo de las familias de mis contertulios. De José Agustín Rísquez, por ejemplo, fui amigo entrañable, compartiendo aficiones y viajes. Con mucha frecuencia íbamos a la hacienda de sus padres, entre ríos y prados, hasta el día en que cayó de un caballo y quedó lesionado de por vida. No dejé de visitarlo nunca, incluso cuando me arrojaba una mirada lánguida desde su silla de ruedas.

[*Introito*: Sabes que Violeta y Yolanda duermen en el mismo cuarto. Un cuarto escaso, con camas paralelas de colchones neutros, con peinadora desconchada y cepillos vencidos (¡ay de las motas de pelo!), con ventanal que dando hacia el patio siempre permanece sellado. Y tienes un sueño recurrente: quieres entrar bien temprano en la mañana y abrir de golpe el ventanal, quieres dejar que la luz penetre y abrace al fin los cuerpos. Pero no avanzas, abres la puerta y no avanzas: Violeta y Yolanda duermen con sábanas blancas, cubiertas hasta la cabeza. La imagen es la de dos cadáveres, que sujetan una punta de la tela almidonada entre los pies engarzados, que la templan a la altura del pecho (sobre las manos en forma de rezo), que la dejan morir en el otro extremo como si un moño creciera bajo cada una de las cabezas. Una línea blanca, cimera, punto superior de una carpa imaginaria, se dibuja sobre los cuerpos inertes. Y a la vista de esta escena espectral, te paralizas. ¿Puedes despertar a las ánimas? —es la pregunta que te haces día tras día. Pero prefieres no contestar y habitar la duda, engordarla como si fuera una ubre sin dueño, y hacer que la sensación de parálisis sea tu alma misma agitada. No has ido más allá del quicio de esa puerta, no has movido un solo pie hacia adentro. Todo lo miras y lo devoras. Y es tu cuerpo el que está bajo las sábanas, y es tu cuerpo el que reposa quieto sin que nadie te despierte.]

Después de la estancia con Luis Enrique, entre entristecido y desorientado, yo regreso a la casa de El Conde. Tendría ya unos dieciséis años cuando me reencuentro con un hogar más decadente, más comprometido. Tenía el talismán del San Ignacio, ciertamente, que me aseguraba protección, pero a las tías las sentía más decrépitas, más dependientes, y a mis padres más apurados por los apremios de la fábrica de chocolates. Regreso a un cuarto pequeño, en el que apenas había estado, y lo primero que hago es poner sobre la mesa de noche un retrato de Mamatía, para que velara por mí en un período que fue incierto. Llegar del colegio todas las tardes a casa de Luis Enrique era como una continuidad de espacios, pero hacerlo a la casa de El Conde era como una regresión, un accidente. Fueron los tiempos en que, afortunadamente, Padre ya trabajaba en Empresas Gil, y quién sabe si por apreciar mi desconcierto o por contar con la bendición celeste de Mamatía se produjo aquel encuentro azaroso con Gustavo Gil que tanto incidió en mi vida ulterior. Recuerdo con precisión el día de 1947 en el que Padre me citó en su propia oficina y me puso a hablar con un colega de origen puertorriqueño que fungía de agente aduanal para la compañía. El hombre manejaba todo tipo de trámites con Estados Unidos y me recitó todos los pasos que debía dar para preparar mi inscripción. «Este es un buen prospecto para viajar al Norte» –terminó diciéndole a Padre mientras cerraba una carpeta con la lista de recaudos necesarios. A lo que Antonio López Levy, pensativo, replicó: «No lo dudo en ningún momento, pero la operación es costosa». La palabra *costosa* me trajo a tierra, haciéndome ver que la familia haría un sacrificio grande para propiciar mi viaje. Padre parecía decidido, aunque le faltaba atar muchos cabos, y yo me fui entusiasmando al ver su insistencia, su incondicionalidad. El viaje de estudios se me convertía entonces en una manera de recuperar un espacio perdido: cambiando de geografía, de paisaje, quién sabe si de afectos, yo dejaba atrás la casa de El Conde, el estado de hibernación de mis tías, y me acercaba más a la continuidad que significaban la casa de Luis Enrique, mi estancia en el San Ignacio y el universo de valores que veía encarnado en las familias de mis compañeros. Siguieron las reconsideraciones y las dudas, hasta que Padre pensó en la prima Margarita y acertó. Se trataba de un cruce extraño de orígenes y destinos, pues ella era el fruto de un primo de Padre que emigró en los años 20 a Nueva York y casó con una norteamericana. Un solo viaje de Margarita a Caracas, siendo una joven risueña y tímida, bastó para encariñarse con Padre y sellar una relación epistolar que se mantenía en el tiempo. De ella yo sólo conocía una foto, que curiosamente Padre preservaba siempre en su escritorio de Empresas Gil, donde aparecía sonriente y con los pelos rulos. Padre le escribía unas cartas elegantemente mecanografiadas, ofreciendo reseñas familiares, que ella contestaba sólo en inglés, y que Padre se hacía traducir, con el auxilio del puertorriqueño o de algún otro colega, antes de volver a responder. Pudiendo contar con el albergue de Margarita, que fue el contenido de la carta previa a mi viaje, mi plan de estudios comenzaba a cumplirse en condiciones incluso mejores de las que originalmente pensábamos: Padre veía a Margarita como una extensión de la familia que bien sabría cuidar del hijo viajero. Porque hablando de cuidos y atenciones, Margarita preservaba una lección imborrable, pues en su único viaje a Caracas, que recordaba más como señal de vida y menos como paisaje frondoso, contrajo un tifus severo que, gracias a la mediación de Padre, pudo ser tratado por la doctora Rosa Elena

Pantin, especialista en enfermedades tropicales. Así, al llegar en 1948 al pequeño pueblo de Fulton, en el que vivía Margarita, y subir hasta el ático que me reservaban como cuarto, pude apreciar en la antesala un pequeño nicho en el que velas encendidas, de distintos tamaños y colores, rodeaban una fotografía que casi tenía el tamaño de un cuadro. Ya Padre me había advertido de la devoción católica de Margarita y, sin embargo, más pudo la curiosidad que la pesada maleta que trataba de empujar por los escalones. «¿Quién es?» –resumía mi pregunta a dos palabras mientras señalaba con el dedo hacia el nicho. «*This is Rosa Elena. She saved my life!*» –contestaba Margarita mientras se detenía ante el retrato con mirada piadosa. Entendí de pronto, como en un rapto, con quién me tocaría vivir en los próximos años. «*I light a candle everyday*» –agregaba ahora ensimismada, como quien quiere pescar un recuerdo. Estaba protegido, pensé, quizás entre las mismas velas que custodiaban a Rosa Elena.

Los cuatro años en Fulton fueron contrastantes: estaciones, bosques, compañeros acuciosos, profesores notables. El calor del hogar lo ponían Margarita y su esposo, también la comida abundante, pero el grueso de los días se me iba entre clases, tareas y mucho tiempo de lectura o consultas en la biblioteca. El college tenía algún residuo de milicias, porque nos obligaban a uniformarnos y a cumplir horarios estrictos. Eran los años de la posguerra, y en cada rincón se sentía la huella del triunfo, sin que por ello la gente dejara de esforzarse: trabajo y más trabajo parecía ser la consigna de todas las personas que conocía. El primer semestre lo invertí en un curso intensivo de inglés, de seis horas diarias, que me obligaba a completar cuestionarios todas las noches. Y luego ingresé en la carrera como tal, sintiendo que mis esfuerzos eran muchos para los resultados obtenidos. Obviamente, el régimen de estudios era exigente, lo que sumado a las dificultades del idioma me exigía trabajar el doble y a desvelarme durante noches enteras. Iba aprobando mis materias, una tras otra, no con notas sobresalientes, pero sí con los mínimos necesarios para no repetir. La memoria se estrecha cuando trata de recuperar momentos mejores, como los entrenamientos de baloncesto y alguna excursión al lago Ontario, pero hacia 1952, ya concluido el tercer año, debí atender el llamado de Padre y regresar de improviso a Caracas. Y aunque regresaba para conocer la casa de San Bernardino, que significó un esfuerzo mayúsculo para la familia, o quizás precisamente por eso, Padre se reunía conmigo en privado para explicarme que la situación económica estaba comprometida: eran también los años en que la fábrica de chocolates perdía su esplendor, en que Guillermo se casaba y montaba tienda aparte, en que Armando aún no regresaba de Chile y en que María Victoria, mi desconocida hermanita, sumaba para mis padres tanta felicidad como inquietudes: un pozo de inocencia, de vida fresca, en medio del escozor. «Con todo el dolor del caso, Antonio, no vas a poder continuar» –fue la frase con la que Padre, cabizbajo, concluía la conversación. No pude despedirme de Margarita, no pude continuar mis clases en el college, no pude concluir nada. Sentía que mi esfuerzo había sido en vano, que nadie reconocería mis desvelos de esos años. Me quedaba sin vida, sin proyecto, sin base alguna. Era una escoria, un inválido, y el futuro me cerraba su senda luminosa de un portazo. Padre se movilizó como pudo, evitando que el letargo o la furia me dominaran, y buscó algún mecanismo para revalidar las materias que había cursado. Me consiguió una cita con un buen amigo suyo, a la sazón director del Liceo Andrés Bello, quien examinó mis papeles con cuidado. «Nada podemos hacer, Antonio —me veía a la cara con reconvención–. Aquí las reglas son muy claras: y no tenemos manera de revalidar programas extranjeros. Si tú quieres estudiar, tienes que comenzar de cero». Fulton se me convertía en un pueblo fantasma, y nada de lo que allí había ocurrido se podía comprobar. Clases y libros y horas fantasmas para quien no fue más que un espectro.

Un nuevo giro sobrevino en la propia noche del matrimonio de Guillermo. Recuerdo la fecha como si fuera hoy, 19 de marzo de 1952, porque la casa de San Bernardino se acomodó entre luces, mesas con manteles bordados y cortinajes que simulaban una escenografía para festejar a la pareja y recibir a los invitados. Se me hizo que el vestido de Maritza Mayorca, quizás por su estatura, fue el más reluciente de los que yo haya visto, con velo que hacía de su rostro una transparencia y cola de satén que los bailarines pisaban cuando la fiesta entraba en la madrugada. Ese señorío, esas maneras, el color preciso, de leve carmesí, con el que pintó sus labios, son imágenes que aún laten en el aire. Yo veía la escena desde la distancia, quizás desde alguna mesa de la periferia, sentado con algún hipotético amigo. Un pesar derivado del aborto de Fulton me mantenía a raya, sin querer participar demasiado, sin hacerme muy familiar, viendo en cada manjar o copa de licor las razones mismas por las que mi futuro se alejaba. Mi lectura de la familia, como recién llegado, como viajero inconcluso que digería sin embargo otras lecciones de vida, me hacían ver toda la ceremonia como un pacto menor, como un desvarío propio de culturas desvaídas, como la huella borrosa de ritos primitivos. El hogar ya era para mí una rotura, una relación insostenible, una cueva de la que había que huir a la brevedad. La noche avanzaba y los espacios entre las mesas se despejaban: los maquillajes de las damas cedían y la compostura de los caballeros, entre trago y trago, era más danzarina que lineal. Guillermo caminaba extasiado entre los grupos, con derecho propio, celebrando como bien lo merecía. Los días de la pensión, con aquel manual de anatomía descubierto en el lomo de una mula, principio rector, señalaban una senda de esfuerzo que en el día de su matrimonio, punto culminante, se permitía licencias y extravíos. Su sonrisa no provenía de las circunstancias, por demás justificables, sino por la conciencia de un recorrido, por la profesión de médico que abrazaba y por ver en Maritza un trofeo concreto, lozano, que le dio tres hijas hermosas, espigadas, que eran la huella dilatada de la madre. Quién sabe si por esa plenitud o por ver en mí un prospecto semejante al suyo, estudiante siempre en ciernes, Guillermo se acercó en un instante postrero de la noche a mi mesa periférica. Caminaba entre las curvas oscilantes que permitían las mesas desordenadas y lo secundaba un invitado que yo no terminaba de reconocer. «Saluda a este primo de Maritza, que trabaja en la Shell» —me dijo con palabras embutidas en alcohol mientras yo le daba la mano a un gigantón. Y luego, dirigiéndose al compañero, entre sonriente y cómplice: «Tú no me has regalado nada esta noche, Mayorca, pero yo me voy a atrever a pedirte algo por todas las consultas que no te he cobrado. Consíguele trabajo a este sobrino mío, por favor. Es un joven talentoso, te lo puedo asegurar, y acaba de finalizar estudios en Estados Unidos». La palabra finalizar se me quedó vibrando en el aire, como una muletilla inútil, como una mentirilla piadosa, pero Mayorca no me permitió divagar y, dando un solo paso que superó leguas de distancia, extendió el brazo hasta casi enrostrármelo. «Toma esta tarjeta, Antonio, y llámame cuando quieras». Guardé el cartoncito color mostaza pálido en el bolsillo izquierdo de mi camisa, y recuerdo que al deslizarlo por la ranura de almidón blanco mi corazón latía más de la cuenta, como si un precipicio de almíbar me hubiera tragado.

A Mayorca no lo visité de inmediato. Dejé correr dos meses, creo, con excusas poco convincentes. El relato de la readaptación, de reconsiderar si debía mantenerme viviendo en San Bernardino, me absorbió días enteros que fueron sin sustancia. Procuré visitar algunos de mis mejores amigos del San Ignacio para reconocer oficios y destinos: los que no terminaban la universidad, ya estaban arrimados a los negocios de los padres. La farra también asomaba en esos años, en medio de una ciudad que se modernizaba y ampliaba el candor de sus locales, con mujeres hermosas que coqueteaban sin pudor y cruzaban las piernas con una elegancia quieta. El abismo de los ritos sociales podía ser un espejismo consistente y algunos de mis amigos sólo tenían tiempo para eso. Me dejé llevar por unos hábitos disipados, intrascendentes, hasta que una tarde una cierta mirada de Padre, más señalamiento que recriminación, bastó para decidirme. A Mayorca lo visité en sus oficinas de La Guaira, muy cerca de la prefectura, a la vista del puerto donde grandes cargueros atracaban con la majestuosidad de lentas ballenas. Me recibió muy amablemente, con sonrisas, aunque fue directamente al grano, como quien repite un parlamento aprendido: «Estamos buscando bachilleres para que se desarrollen en las zonas de explotación. La paga es buena y las posibilidades de hacer carrera infinitas. Si estás interesado, te apunto desde ya y te organizo un viaje a Maracaibo, donde te entrevistarán y evaluarán». No pasó una semana antes de sobrevolar Maracaibo y encontrarme con un paisaje contrastante. Éramos varios en ese vuelo, todos referidos por Mayorca: jóvenes de distintos orígenes y con estudios diversos, algunos recién llegados del exterior, como yo, pero la mayoría simples bachilleres dispuestos a entrar a la industria como fuera, incluso como ayudantes de oficina. En Maracaibo nos debía entrevistar un tal señor Márquez, que tenía fama de pocos amigos. Al ver que el tropel era de jóvenes inconclusos –una sola ojeada derramada en la sala de espera le había bastado para sus conclusiones–, llamó a su asistente, de nombre Carlos Pino, para espetarle: «¡Yo pido hombres y lo que me traen son muchachos! Qué vaina seria no hacerse entender: ¡no me traigan zagaletones, coño!». Pino esperó que el ogro se encerrara en su oficina, con portazo incluido, y nos pidió, visiblemente apenado, que saliéramos al patio. «No quisiera creer que los hemos hecho viajar en vano –dijo casi tartamudeando–. Les ofrezco disculpas, la verdad, pero es que los humores son variables y hoy han tenido mala suerte. Miren: el avión que los trajo, de regreso a Caracas, debe pasar por la refinería de Cardón. Y si alguno de ustedes quiere entrevistarse allá, yo les hago la ci...». Iba a completar la palabra *cita* cuando yo me adelanté y atropelladamente dije: «Yo me bajo en Cardón. De eso puede estar seguro».

De Cardón no me llamaron de inmediato. Y ese vacío bastó para desanimarme y volver a divagar. Me mantenía lo más alejado posible de la escena de San Bernardino, evitando a las tías dispersas. Con mis padres me comprometía poco, sumergidos entre Empresas Gil y la fábrica de chocolates, y sólo la presencia creciente de mi hermana María Victoria, niña risueña que deambulaba inocente a la sombra de las ánimas vivientes, me generaba una inquietud que no lograba disipar. Tuve la suerte de encontrarme entonces con Virgilio Tovar, amigo del San Ignacio, quien también regresaba de Estados Unidos con estudios interrumpidos: en su caso no por falta de fondos, que en su familia sobraban desde varias generaciones, sino más bien por opulencia o por saber que nada le faltaría en vida. A su mansión de la Alta Florida, donde tantas veces nos reunimos en bachillerato, me invitaba en ocasión del cumpleaños de su madre, que siempre me recibía con especial atención. Era una mujer espléndida, con una viudez bien llevada, amiga del conocimiento y de las personas que la pudieran retar con perspicacia y ocurrencias sagaces. Virgilio me llevó a un aparte, lejos de las amigas parlanchinas de la madre, y con sendos whiskys goteantes en las manos, en una loma pronunciada del jardín, mientras divisábamos el valle de Caracas, discurrimos toda la tarde: «¿Te acuerdas de Fernandito Ávila, que se graduó con nosotros y se fue a Europa? Pues regresó hace unos meses y está trabajando en La Salina, cerca de Cabimas, con la gente de la Creole. En estos días me llamó para que lo visitara. Me dice que las ofertas de trabajo abundan. Si tú no estás haciendo nada ahora, podemos visitarlo y ver el ambiente en los campos. ¿Qué opinas?». No hizo falta que opinara: en menos de una semana, ya Virgilio disponía de uno de los vehículos de la madre y yo de una plata que Padre me cedió a manera de préstamo. Viajamos pausadamente, por escalas, disfrutando de la variabilidad del paisaje. De Caracas salimos por la vía que llega a Tejerías, donde nos paramos a comer; luego bordeamos los valles de Aragua, hasta superar Maracay y alcanzar el lago de Valencia; subimos las cuestas que nos acercaron a Bejuma y los valles de Nirgua; luego avistamos Chivacoa, mientras dejábamos las alturas; y de allí directo a Barquisimeto, donde dormimos en una posada. Al día siguiente nos desayunamos tarde, tal sería el cansancio de los cuerpos; entrábamos sin darnos cuenta en plena sierra, con cardones y cujíes, buscando la vía reseca de Quíbor; nos desviamos en Tintorero, para orientarnos hacia Carora; y desde allí la carretera maltrecha se nos hizo eterna: curvas y más curvas que nos acercaron a la náusea. Nos detuvimos en un recodo, a tomar aire o ánimo, donde un bodeguero exhibía los costillares de cabritos desollados y queso fresco que cuajaba en forma de peras colgantes. Bebimos lo que pudimos, sin reparar en nada, y mordimos esas peras con los molares, sin preocuparnos por el sabor o la textura. Al final del segundo día, ya atardeciendo, llegamos a las inmediaciones de El Venado, puerta de entrada al estado Zulia. Ya nos habían advertido de lo que no era más que una encrucijada, equis de carne en la que los viajeros que bajaban de los Andes se podían encontrar con los que llegaban del este o con los que se alejaban de Maracaibo para buscar el país del centro. Desde El Venado no nos costó llegar a El Menito y, desde allí, oteando el lago de Maracaibo, hasta Lagunillas, que para entonces era uno de los campos de explotación más importantes de la Shell. Allí entramos como sonámbulos, en medio de la noche sobrevenida. Cerca de una plaza ubicamos el sitio donde dormiríamos, con aviso luminoso de tintes rojos que decía «Hotel Lagunillas», sin mayor originalidad ni desconcierto. Detuvimos el vehículo con todo el polvo del camino, como dragón sediento, y al sacar el maletín de la cajuela mis ojos tropezaron con el cartel de un edificio contiguo: «Shell - Oficina de Relaciones Industriales». «Coño, Virgilio –lo detuve con uno de mis brazos–, voy a entrar un momentico. Las luces están prendidas y hay gente adentro. De pronto conozco a alguien». Entré con sigilo, como para no molestar, y en la antesala me puse a leer el directorio de nombres y departamentos, sin reconocer a nadie. La voz que me sorprende desde atrás me dice: «¿Qué se le ofrece?». Y yo, dándome por derrotado, me vuelvo y descubro el rostro de Carlos Pino: «Antonio, qué grata sorpresa. ¿Qué haces por aquí, hombre? Yo te hacía en Cardón» –hablaba el reclutador frustrado de Maracaibo. «Estuve en Cardón, claro, y llené mis papeles, pero aún no me han llamado» –contestaba yo con algo de vergüenza. «Bueno, si de allá no te han llamado, aquí te podemos ofrecer trabajo de inmediato. Las aves de mal agüero volaron hacia otro nido» –dijo, sonriéndome con complicidad. «¿Y no importa que esté de paso, rumbo a La Salina? Voy a ver a un viejo amigo que está con la Creole». «De la Creole no me interesa nada –reía abiertamente–; ni siquiera tus amigos. Tú eres el que me interesa; y mientras antes sea, mejor. Lléname estas planillas –me extendía un fajo multicolor que había encontrado en el mostrador de recepción– y te presentas acá mismo en un mes. Y por favor: no me vayas a fallar». Yo salía tembloroso, sin creérmelo del todo, sin poder retomar ningún trayecto, ningún sentido. Miré a Virgilio a los ojos y le dije: «Coño, Virgilio, creo que estoy contratado». Mi compañero de viaje quedó estupefacto: me abrazaba con nerviosismo, como si la lotería de los cargos y los ofrecimientos hubiera podido favorecerlo a él por igual. Esa noche no dormimos, entre tragos tomados en la habitación, y a la mañana siguiente, con Fernandito Ávila, lo seguimos celebrando en La Salina, como si el azar nos estuviera reubicando a todos los del grado en otro paisaje, con otros desafíos, con otra misión.

Si bien mi ingreso era por Lagunillas, todavía debía regresar a Caracas, hablar con mis padres y preparar lo que parecía una mudanza definitiva. Con Fernandito nos tardamos más de la cuenta, en una celebración que no terminaba. Gastamos lo que no teníamos y los fondos se nos fueron mermando. Tuve la idea de no regresarnos por la vía de venida, otra vez Barquisimeto, y recorrer lo que ya conocíamos. Me parecía que haciéndolo por la costa, vía Coro, y confiando en que un desvío hacia Cardón le diera a Virgilio alguna posibilidad de enganche, multiplicaba nuestras opciones. El problema estribó en que la carretera entre Maracaibo y Coro no era tal, sino más bien una pica para sembrar el oleoducto. Entre huecos, charcos como bocas abiertas en el suelo y grandes camiones nos fuimos debatiendo. En ningún momento de la ruta el vehículo superó los treinta kilómetros por hora, y ver cómo perdía su majestuosidad urbana en medio del terraplén no dejaba de ser una experiencia dolorosa, inusitada. Nos imaginábamos a la madre de Virgilio, sentada en su casona de la Alta Florida, divisando no el valle de Caracas sino estos quiebres de ruta anegados, y la podíamos reconocer saltando con nosotros de zozobra en zozobra. Si necesitábamos aún mayores escollos, éstos se nos presentaron a medio camino como un alto infranqueable. Habiendo superado caseríos como Mene de Mauroa o Dabajuro, más accidentes de ruta que concentraciones humanas, se nos anunciaba que la llegada a Sabaneta ya sería como el portal de Coro. Pero el portal no llegaba por más que lo intuyéramos como un espejismo, y sentimos que se nos alejaba de manera definitiva cuando llegamos a un río insuperable, sobre el cual no se tendía ningún puente. Unos ribereños hoscos, la piel teñida de sol riguroso, obraban desde una orilla y la otra. Con mecates de nudos gordos, como de embarcación atracada, amarraban los vehículos por un extremo y los iban tirando lentamente, aprovechando un paso bien medido en el que el lecho del río no era muy profundo y las aguas apenas subían hasta ahogar los neumáticos. A las bujías y otras partes vulnerables las cubrían de grasa para que no se mojaran, en un ceremonial minucioso que parecía una sesión de maquillaje. La tarifa de paso, mostrada con letras de brocha gorda sobre una estaca temblorosa, estaba fijada a cien bolívares y nosotros sólo teníamos diez. Virgilio y yo nos mirábamos la cara, con sonrisas de derrota, para decirnos: «¡Tanto andar para morir en esta orilla!». Nos acercamos a quien parecía el mandamás de los ribereños y, con susurros penosos que parecían plegarias, le dijimos: «Somos estudiantes, maestro, y venimos dándole la vuelta a Venezuela. El carro parecerá lujoso, pero le puedo asegurar que es prestado, y si no lo regresamos vamos a tener un problema bien gordo. ¿Usted cree que por diez...?». «¿Diez bolívares? —interrumpía el capataz mientras sonreía con tono burlón—. Ustedes como que se quedan clavados en esta orilla como estacas» —concluía sentencioso. Tuvimos que esperar tres días viendo todo tipo de maniobras de paso, desde vehículos de pasajeros hasta camiones con tubos que eran secciones del oleoducto, para que los ribereños se apiadaran de nosotros. Salían de lo más urgente, y de las tarifas pesadas, dejándonos como un divertimento.

Manteniéndonos con una dieta que no se aventuraba más allá de sardinas en lata, galletas viejas y cola caliente, Virgilio y yo vimos que la resurrección llegaba al tercer día de peregrinaje. Los ribereños embadurnaron el vehículo de la madre de Virgilio, lo sumergieron con mucho tacto, y desde la orilla opuesta lo tiraban con movimientos acompasados de remeros. El caudal había crecido, y la maniobra fue más complicada que la de los días anteriores. Un joven flaco, con pantalones deshilachados a la altura de los tobillos, se trepó sobre el capó y con una vara larga de madera iba adivinando la profundidad mientras gritaba orientaciones con un vozarrón: «¡Tíralo a la derecha! ¡Aguántalo allí! ¡Más despacio, coño!». El vehículo salió chorreando del otro lado, como ballena que gana la orilla, y cuando me acerqué al mandamás para extenderle el único billete que nos quedaba, me dijo socarrón: «Guarde ese billetico para el camino, patroncito, porque les hará falta para llegar a Coro. Vayan con cuidado y que Dios los proteja».

Por Coro pasamos rasantes: los días perdidos no nos permitían ni siquiera admirar las cuadras coloniales. Subimos por el istmo de Paraguaná, viendo el mar por ambos costados, hasta entrar en la península y doblar hacia Punta Cardón. Allí nos esperaba Julio Ramírez, uno de los pocos compañeros a quien habían llamado de los que llenamos planillas cuando regresábamos frustrados de Maracaibo. Julio se portó espléndidamente bien: nos recibió en su casa, nos metió un billete de cien bolívares a cada uno en el bolsillo de las camisas, nos paseó por el campo petrolero, nos hizo ver las oficinas, nos habló de crecimiento y expansión. Como a mí nunca me habían contestado de Cardón y más bien ya tenía puerta franca en Lagunillas, con Julio hablé aparte para que le consiguiera una entrevista de trabajo a

Virgilio. Lo recibió en la oficina de Relaciones Industriales un holandés que tenía fama de gritón y pisoteaba el castellano con los pies. Hicieron pasar a Virgilio a su oficina y, para espantarlo de entrada y no perder mucho tiempo, no esperó a que se sentara para hablarle en inglés. Virgilio comenzó a contestarle con acento bostoniano, aprendido en un muy exclusivo college, y el holandés quedó maravillado. Consiguió trabajo de inmediato, y a partir de allí aceleramos el retorno: había mucho que concertar y ordenar, sobre todo con nuestras respectivas familias, ante lo que ya era un cambio de vida. La ruta que nos fue alejando de Cardón, con la estampa de las refinerías en construcción al fondo, y acercando a Coro y posteriormente a Morón, era el viaje inverso al que siempre haríamos. Ya comenzábamos a ver a Caracas como destino y no como origen. El país futuro parecía crecer en otro lado, entre arenales y sierras, entre pajonales y morros, entre suelos ocultos que latían por debajo de caseríos olvidados. Cuando finalmente entrábamos a Caracas, después de dos semanas de viaje, sabíamos que veníamos a despedirnos, a cortar con hábitos y parientes, a dejar las seguridades y aventurarnos a lo desconocido. Yo me hundía en reflexiones y me preguntaba cómo reaccionaría Madre, cómo lo tomaría Padre. San Bernardino para mí, entre la vuelta de Estados Unidos y el anuncio de Lagunillas, no había dejado de ser como una pensión, evitable en la medida de lo posible gracias al refugio que me brindaban mis viejos amigos de promoción. Madre recibió la noticia con llanto; Padre con esperanza; las tías no sabían de qué se trataba; la chiquita María Victoria me tomaba del pantalón y no lo soltaba. Al comenzar a recoger mi ropa y mis libros, al envolver con cuidado la foto de Mamatía, al descubrir que mis pertenencias todas podían entrar en dos maletas en las que aún sobraba espacio, hallé en mi escritorio una carta que venía remitida por Relaciones Industriales de Cardón. La abrí y me daban fecha de ingreso para dentro de dos semanas. Una súbita confusión se me creaba al preguntarme si el ingreso sería por Cardón o Lagunillas, donde ya había aceptado. Llamé a Virgilio para sopesar opciones y ambos concluimos que la oferta de Cardón, anterior, prelaba sobre la de Lagunillas. Así viajamos juntos de vuelta, con la emoción redoblada de que compartiríamos la misma experiencia de trabajo. Llegamos a Cardón y en mi primer día de oficina me recibió el holandés que pisoteaba el castellano: «¿A usted no le ofrecieron trabajo en Lagunillas?» –sin mirarme a los ojos. «Sí, claro» –contestaba un tartamudo. «¿Y usted no aceptó?» –refunfuñando. «Sí, yo acep...». «¿Y si aceptó primero allá por qué está aquí? ¿Usted no ha avisado nada allá?». «No, disculpe, le debo confesar –finalmente ordenaba mis palabras– que yo pensé...». «Usted no piensa nada. Usted se equivoca. Usted no puede entrar a esta compañía y decir mentiras». Eran las frases con las que me recibían en la compañía Shell de Venezuela. Corría el año 1955 y en Cardón, pueblo de pescadores, se construía la refinería más grande del país.

El hogar que yo dejé, con San Bernardino como punto culminante, se fue deteriorando con los años. Ya no hubo resistencia para que una lenta deriva fuera carcomiendo los cuerpos y los ánimos, incluso el deseo. Madre abandonaba la fábrica de chocolates, haciendo los últimos amagos con panelas insípidas; Padre vivía sus años postreros en Empresas Gil, con la jubilación retenida hasta el último aliento; la trilogía derivaba hacia un mundo claramente paralelo, que sólo ellas entendían; Guillermo y Armando seguían sus propias vidas, llenas de hallazgos o simulacros; Rafaelito criaba a su prole, abrazando creencias nuevas y prosperando a su manera con los réditos del Amargón. Sólo María Victoria, con siete años cuando me fui, crecía entre las sombras. Había heredado lo peor, el desconcierto, y yo me sentía culpable por no estar a su lado. Era su salvavidas, flotando en un lago lleno de aceite y lejos de las quebradas que atravesaban el valle de Caracas. Los primeros años en Cardón fueron absorbentes, con muchos aprendizajes y poco tiempo libre: sólo en navidades, si acaso, me podía escapar por dos semanas. Allí recibí la visita de Guillermo, a quien siempre agradecí las gestiones de Mayorca; allí también tuve una aparición sorpresiva de Luis Enrique, quien celebraba mi oficio y constancia, creyendo que en la base de ese empuje su apoyo había sido determinante. Guillermo me trajo noticias de que Madre perdía sus facultades, repitiendo las mismas preguntas, debido al acoso de la diabetes. A su vez, Luis Enrique me alertaba de que Padre se acogía a la jubilación y, viéndose solo en casa, no hacía otra cosa que sentarse encorbatado en una de las poltronas de la sala a leer todos los periódicos.

Cuando ya nadie esperaba nada, en la medianía de edad, Daría y Yolanda contrajeron nupcias: no se sabe si por conveniencia, por aburrimiento o por temor. Nadie celebró lo que parecía más decrepitud que pretextos amorosos. Y como Madre ya no tutoreaba a sus hermanas, como en los tiempos de la pensión zaraceña, el despropósito lograba puerta franca. Sólo Padre, arrinconado entre sus pliegues de noticias, soportaba con estoicismo el naufragio, aislando a María Victoria en los cuartos superiores de San Bernardino, especie de subhogar adonde la trilogía no accedía. El marido de Daría se hacía llamar Moreau y fungía ser agente de bienes raíces. De rostro oliva, lentes oscuros,

cabello grasoso y paltó siempre cruzado, su presencia alteraba
a Padre hasta lo indecible. Era un fanfarrón, un impostor, un
charlatán. Daría le reía las ocurrencias porque en su entendi-
miento las palabras pronunciadas por el hierático personaje adquirían sentido contrario. Los recuerdo de tarde en la terraza
de San Bernardino, recibiendo como dueños de casa las visitas
que ya no eran de Madre, y disponiendo de tazas de café o jugos mientras Trina estuvo viva. Moreau no aportaba al sustento
hogareño, sino que más bien desangraba las pocas arcas que
existían, exigiendo atenciones que no se le podían prestar ni a la
propia María Victoria, el único ser que merecía los desvelos de
Padre. Daría logró embarazarse y tener una hija de nombre Cristina, cuyo legado no podía trastornarla menos. Creció inquieta,
greñuda, disparatada, emulando los alaridos de la madre y las
inconsistencias del padre.

[*Daría's voice:* Tendré una hija y se llamará Cristina (Cristinita, pues). Juro que no tendré por qué aparearme, juro que el
vientre no se me hinchará. La Inmaculada Concepción germina-
rá lenta en mis propias pantorrillas. Aquí la llevo, aquí me rasco
(tengo el muslo enrojecido), aquí crece Cristinita mientras se
chupa el dedo.]

La opción de Yolanda fue distinta, aunque no menos increí-
ble o inconclusa. Conoció a un italiano llamado Marco, dueño
de un aserradero en Antímano, que la cargaba como un Moisés
en canasta. Era un gigantón, de pelo rubio y ensortijado, mandí-
bulas de boxeador, nariz ancha y aplastada, como plastilina ado-
sada al rostro. La boda, aunque íntima, llevó a la risa: Yolanda
lucía un vestido contrahecho, que le sobraba por todas partes;

una novia de pueblo que levantaba sospechas o que calzaba en un rito impostado. Pero a diferencia de Moreau, el impostor, Marco era un hombre trabajador, esforzado aunque rudimentario. Las manazas que mostraba hablaban del trato con la madera: cada dedo un tubérculo, un tequeñón de sangre coagulada. Al menos Yolanda salía de las penurias, decía Padre, y, aunque alocada como siempre, su existencia dejó de ser una merma para el hogar crepuscular de los López Flores. El problema radicaba en su obsesión por traerse al gigantón a San Bernardino, quien literalmente no cabía en ningún lado, ni siquiera en la azotea a cielo abierto, abandonada por Armando o María Chacín. Marco habrá sido tosco, torpe, pero no lo suficiente como para ignorar dónde molestaba o sobraba. El apartamento que se hizo encima de las oficinas del aserradero no complacía a Yolanda, quien llegó a sentir aserrín hasta en el alma. Entonces compró otro en El Silencio, como punto intermedio, como pacto de vida para recuperar a la doncella, pero Yolanda pasaba cuatro días allá, mientras limpiaba y ordenaba, y tres días acá, mientras su existencia se reducía a la mínima expresión. Nadie entendía qué encantos podía postular una mujer envejecida, doblada sobre sí misma, que empujaba de brazos al esposo cuando intentaba darle un beso, inclinándose desde las alturas. Y sin embargo, Marco la llegó a cargar muerta, alzada desde alguna de las tres camas en las que llegó a dormir en la última etapa, dando a entender que su hogar ya era un hogar móvil, indefinido, que se definía según el lugar en el que los sorprendiera la noche.

[*Yolanda's voice*: Me duele el vientre. Tócamelo, tócamelo aquí. ¿Sientes esta cosa dura; la sientes? Es una costra que tengo adentro, niño. Es el bulto del hijo que nunca tuve.]

La llegada de María Victoria había sido un acontecimiento inesperado, tardío. Nació en 1947 y yo le llevaba poco menos de veinte años. No sé por qué Madre optó por un segundo hijo en las postrimerías de su edad fértil, a menos que la necesidad haya sido de otro orden: una manera de afirmar un sentido cuando todas las señales acercaban a la locura. Su presencia fue primorosa, un nuevo aliento, el sol blanco que concentraba todas las miradas, las nuestras y las de los visitantes. Las tías encontraron una niña para criar; Madre la última razón para su felicidad; Padre el último objeto de su mirada protectora. La casa se llenó de retratos, de juguetes, de travesuras: un aire de jovialidad la atravesaba, ahuyentando a los fantasmas. Para alejarla de la discordia y el disparate, para que Moreau no ejerciera influencia y Marco no la asustara, Madre le reservó en la parte superior el mejor cuarto de la casa. Era una habitación espaciosa, de blancas y altas paredes, con un balconcillo que daba hacia la terraza y, un poco más allá, hacia la calle Sorocaima. Desde allí se escuchaban las conversaciones vespertinas, se advertía el paso de los transeúntes, se apreciaba la falda occidental del Ávila, mole que alzaba los brazos y tocaba los cielos. Su cuarto era un oasis de limpieza y orden, una apuesta desconcertante en medio de la algarabía que todo lo reducía a extravío: sus libros en una pared, sus discos en otra; los retratos de viejos familiares apelmazados en el redondel de una mesa, como peces que salían del agua; los juegos de mesa perfectamente ordenados, de mayor o menor, en un nicho especialmente concebido. Todo lo que podía significar un interés en su vida —la lectura, la música, los juegos, la memoria selectiva— ocupaba un lugar preciso, detallado. Era su manera de darse un orden, de mantener a raya lo que no entendía, de ver más hacia afuera y menos hacia adentro.

Yo lamenté siempre no compartir con ella, no estar a su lado para protegerla. Mi vida ya no pertenecía a ese hogar, pero también de ese hogar lo único que yo podía rescatar era su existencia, antes de que se perdiera o malograra. La ayudé como pude: con visitas esporádicas, con regalos, con envíos, con señales que eran solapados avisos de salvamento. Su fuerza era suficiente –su ímpetu, su lozanía, su fe de vida– como para separar la escoria y recuperar lo mejor del legado familiar, pero la vida se le hizo corta, insuficiente para acometer un designio que creía enteramente suyo. Era admirable verla con la trilogía: la manera en que reía con ellas, la manera en que se burlaba sin herir, la manera de hacerles ver lo que naturalmente no podían ver. No las percibía como fatalidad, como un reducto humano, sino más bien como una consecuencia de tiempos o espacios que no habían podido encajar. No eran seres urbanos, se decía, sino reminiscencias, giros de polvo que se decantaban en el paisaje equivocado. A su manera, su comprensión fue superior a la mía, porque agregaba una lectura amorosa, abarcante, cuando nadie la tenía. Ella incorporaba un néctar desconocido de esas flores desvaídas de Zaraza, ella lograba determinar un sabor, ella sabía extraer lo poco de vida que allí habitaba: una mirada anterior, una pena sin origen, un destino trunco. El accidente también tenía un valor, se decía, la pérdida también ayudaba al conocimiento. ¿Con quién hablaba sobre estas certezas? Conmigo lo intentó en uno de mis pocos viajes: ella tendría unos diecisiete años, pero su discernimiento era ya de mujer adulta. No que ella se postulara como la salvadora, como la redentora de la maldición de Zaraza. Su propuesta era más bien otra: entender el origen de los males, saber que el desconcierto convive en nosotros junto a las fuerzas que nos parecen más luminosas. Sonreía cuando ordenaba sus ideas, te miraba a los ojos cuando sentía que lo dicho expresaba de manera exacta lo que quería decir. Su proyecto nunca supuso abandonar el hogar de San Bernardino, pues más se orientaba a apreciar el lado oscuro de lo que ella era e internalizarlo como una fuerza que también podía significar redención. En Violeta, Daría y Yolanda, en esa penuria andante, también estaba ella, llena de harapos, con el alma torcida, con el dolor que nadie sentía, con la muerte agazapada, hecha carne y hueso hasta que la revelación final llegara.

Si María Victoria no hubiera fallecido tan tempranamente, quién sabe si el desenlace de San Bernardino habría sido el mismo. De todos los oficios que pudo haber escogido, la música la fue dominando de pies a cabeza. Al principio fue una melómana compulsiva, que podía coleccionar discos de Glenn Miller o escuchar a un cuarteto desconocido de Liverpool, pero un concierto escuchado en un auditorio de la Universidad Central, donde comenzó a estudiar Administración, la desvió de sus obsesiones iniciales. Se trataba de una agrupación llamada ConVenezuela, que tomaba los repertorios populares tradicionales y los depuraba a fuerza de arreglos novedosos y voces armoniosas. Escuchó un programa que viajaba desde El Callao, con calipsos de origen caribeño, hasta la población de Tarmas, con un ritmo de tambor tan veloz como sensual. Esa geografía sonora la desconocía, pero su fuerza fue tal que aplaudía a rabiar, completamente subyugada. Se coló al final hacia los camerinos y logró hablar con el director de la agrupación, un viejo que resultó venerable, de pelo plateado, a quienes todos los integrantes llamaban Lares. Al maestro se le colgó como pudo, desbordando entusiasmo, y le rogó que la incorporara al experimento sonoro, así fuera de aprendiz o atrilera. Su especialidad terminó siendo, para sorpresa de todos, la percusión, y al cabo de dos años no había pieza musical que no dominara con artes cuyo origen nadie pudo determinar. Sencillamente, tocaba como los dioses, transformada en una ejecutante de amplios recursos o tomada por un espíritu que existía en función de latidos puntuales y saltos acompasados. Su dominio sobre los tambores de la costa terminó siendo el centro de los espectáculos, la atracción principal, pues nadie entendía cómo una jovenzuela de piel tan nívea, de pelo tan lacio, podía tocar como cualquier tamborero de los muchos que abundaban entre La Vela de Coro y Curiepe. La cumbre de su ejecución era precisamente el tambor veleño, para el cual se preparaba cubriéndose los dedos con curitas, pues más de una vez el golpeteo seguido y precipitado, como de pez que brinca y se arquea fuera del agua, le desprendía chispas de sangre que manchaban los cueros y se secaban como costras de una vida anterior. Ante tal prodigio percusivo, que Lares pregonaba como un verdadero hallazgo, el maestro la comenzó a llamar Vicky, al igual que todos sus compañeros, como una manera de resumir el cariño que se le tenía. Los espectáculos de ConVenezuela ya no eran los mismos sin que esa posesa del fondo, siempre vestida con un camisón blanco que le llegaba a las rodillas, arrancara al público de su asiento a punta de manotazos descontrolados que lograban extraer toda la gama sonora de la que un tambor es capaz.

Si bien Madre y Padre, cada quien a su manera, adoraron a María Victoria, complaciéndola hasta donde el hogar lo permitía y reconociendo en ella la última fuente de vida que tuvieron, ConVenezuela se terminó convirtiendo en la verdadera familia de Vicky: allí dejaba todas sus fuerzas, allí entregaba todos sus deleites, allí entendía que la suma de todos podía producir un sentido unívoco. Las numerosas presentaciones, las giras interminables, las invitaciones a Europa o a islas del Caribe, eran la vida misma, creciente y desbordante. En los años de mayores compromisos, su cuarto de San Bernardino permanecía cerrado, bajo llave, a la espera de que alguna necesidad memoriosa la trajera de vuelta; pero cuando llegaban las pausas de las giras, el extrañamiento continuaba, convertido en ensayos en casa del maestro Lares o en las fiestas que cada integrante organizaba sin pretexto alguno. Aquella cofradía melodiosa encontraba más razones en su propio seno que en las familias o amigos particulares, y en el caso de Vicky era evidente que el hogar de San Bernardino derivaba a sitio de paso, cuyos personajes desteñidos no interesaban a nadie. Su exilio de ese cuarto con balconcillo fue definitivo cuando a raíz de una gira por Parmana, montados todos en un camión de estacas que los llevaba de una hacienda a otra, el conductor no advirtiera el breve montículo de asfalto sobre el cual la rueda delantera se precipitó generando un sobresalto instantáneo: el cuerpo que saltaba más allá de las estacas y caía doblado sobre el pavimento, que en ese preciso momento intentaba pasar de un costado a otro buscando sujeción, entregó la cabeza de pelo lacio para que un solo impacto silenciara todos los sonidos que en vida pudo emitir. Vicky moría desangrada entre todos sus compañeros, y no bastaba sino esa comitiva para sentir toda la calidez que la humanidad era capaz de ofrendarle en ese rincón del mundo, no demasiado lejos de la Zaraza que había juntado a todos sus antepasados en un abanico de locura y azar. El cuerpo que le entregaron a Madre, las pertenencias que le hicieron llegar en un maletín a Padre, los tambores redondos que terminaron en manos de las tías, fueron gestos inútiles frente a un dolor que nunca cesó y que aceleró el rumbo que ya sus progenitores llevaban hacia la tumba. Yo la pude llorar a solas, en algún recodo de Lagunillas o Cardón; yo la pude extrañar como siempre la extrañé, cuando apenas era un anuncio en el vientre de Madre; yo me pude entrever como el auténtico ejecutor de esa muerte, indiferente y lejano del único ser por donde corría mi sangre; yo llevo la cruz que todos los días clavo en mi nuca, justo en la misma vértebra quebrada que la inmovilizaba bajo los cielos de Parmana.

[*The artist:* De niño, Padre solía llevarme a la cervecería Donzella. Quedaba muy cerca de la Plaza Bolívar, detrás de la Gobernación. Servían allí un tarro a medio real de una cerveza de sifón con sabor fresco a cebada. Vendían también a locha unos panes redondos, rellenos de cochino, que para mí eran la atracción mayor. Padre decía, sin que yo lo entendiera bien, que en Donzella se reunía lo mejor de la intelectualidad caraqueña, sobre todo escritores y pintores. El procedimiento que usaban los meseros para despachar era ingenioso, una marca de fábrica: traían los encargos según la ocasión, tarros de cerveza o panes de cochino, y dejaban una boleta de papel de traza doblada en un vaso: así, a mayor cantidad de cervezas, más boletas dobladas. Cuando una mesa pedía la cuenta, el mesero tomaba el vaso de boletas e iba sumando. El papel de traza, por su colorido pardo y su textura grumosa, tenía un atractivo especial, y más de una vez observé detenidamente a pintores que hacían bocetos o dibujaban caricaturas mientras bebían. Yo paseaba por las mesas, distraído, hasta que me topaba con un artista. Allí me detenía, extasiado, confiando en ganarme o pescar el boceto de un rostro de mujer o la estampa de un perro ladrando. Todavía recuerdo a un pintor de Macuto, de nombre Reverón, que lograba arremolinar a la gente mientras garabateaba las boletas: quemaba el papel de traza con la punta de un cigarrillo, regaba la ceniza para construir perfiles, ensalivaba su dedo índice para lograr texturas... En aquellos tiempos, Reverón no era lo que después fue (recuerdo sus muchos cuadros en casa de Luis Enrique), pero Padre conservó varios de esos trazados y los fue guardando entre las páginas de un grueso libro. Veía siempre esos papeles, los revisaba una y otra vez, hasta que un día se dijo: «Y en fin... ¿esto tendrá valor o no?». Tomó impulso y se fue a visitar a un conocido suyo, de nombre Monsanto, quien era director de la escuela de pintura de El Cuño, famosa por acoger en su seno a estudiantes como Golding y López Méndez, que luego fueron artistas de renombre. La escuela quedaba en La Pastora, cerca de un puente que se tendía sobre un barranco pronunciado, estampa que los propios maestros de la escuela usaban para entrenar a sus alumnos en las técnicas del paisajismo. Padre le mostró los papeles de traza a Monsanto, quien de entrada se impresionó mucho. Los recorría con admiración, uno tras otro, mientras admitía que la ceniza y el papel de tan mala calidad no garantizaban la perdurabilidad de los dibujos. Padre regresó desalentado y el libro de tesoros cayó al olvido. Yo hubiera dado la vida por conservar esos papeles de traza, yo hubiera dado la vida por retener el fuego con el que vi pintar a Reverón.

[*The killer*: En el único viaje de familia que recuerdo, donde pude estar con mis padres y María Victoria, pudimos conocer la isla de Margarita. Padre nos hizo tomar un vapor holandés que salió de La Guaira al amanecer y atracó en Boca de Río ya de noche. El recuerdo sobrevive más por la felicidad de la familia unida (yo levanto un castillo de arena con los tobitos que Vicky rellena con esmero) que por la fidelidad de los hechos. Sobresale, sin embargo, un episodio en el que puedo estar jugando con un muchacho que me reta al pulso o a luchar para ver quién cae primero. Estamos en playa Manzanillo y la estampa es la de un pueblo de pescadores. Le aplico una extraña torcedura a mi contendor, usando los brazos como palanca, y de esa humanidad caída se desprende un alarido. Algún pescador se acerca y admite que el muchacho se ha quebrado la pierna. La gente se arremolina, mientras yo siento temor, y al unísono un coro creciente dice: «Hay que llamar al doctor Bouvier». Salen corriendo a buscarlo y el tal doctor Bouvier llega en quince minutos. Mientras esperamos, me hablan de un médico de origen francés que pronuncia el castellano con fuerte acento y que vive en Margarita desde hace años. Bouvier carga al muchacho y se lo lleva a su propia casa: al cabo lo vemos salir con un yeso y muletas. Años después supimos que ese mismo Bouvier de Manzanillo era uno de los pocos presidiarios en haber podido escapar de la tenebrosa Isla del Diablo, donde pagaba condena por haber matado a su esposa: la descuartizó por infiel y recogió sus partes en un baúl que tiró al Mediterráneo. Su ascendente trayectoria de médico en Margarita llamó la atención de las autoridades francesas, quienes enviaron una delegación a buscarlo. Cuentan que los pueblos de la isla se sublevaron cuando supieron de su captura, pero ni su nueva esposa margariteña ni sus hijos supieron nunca más de su paradero.

[*The warrior*: A diferencia de Samuel, a quien Madre acogió y formó, el verdadero hijo díscolo de Rafaelito fue Daniel. Buen estudiante de liceo, aunque con arrestos constantes de reclamo y rebeldía, se hizo comunista de vocación en la universidad. Se graduó de biólogo, dicen que con honores, pero su pasión real fue la política. Una vez irrumpió con una mandarria en unos locales comerciales que quedaban en la planta baja de su edificio. Luego estuvo muy relacionado con la guerrilla de los años 60, hasta terminar preso en la Isla del Burro, adonde Madre lo visitaba para llevarle ropa y comida. Una vez liberado, los cuerpos policiales lo siguieron persiguiendo, y en un par de ocasiones nos allanaron la casa de San Bernardino, creyendo que se escondía en la azotea. Casó finalmente con una buena mujer de Valera, cuyo padre era un alto dirigente político del gobierno de turno. Cuando lo apresaron por segunda vez, enrumbado nuevamente hacia la Isla del Burro, el suegro se decidió a intervenir y viajó a Miraflores. Dicen que allí intentó visitar a Betancourt, compañero de la clandestinidad bajo Pérez Jiménez, pero fue en vano. Llegó a palacio y supo que su viejo amigo dirigía una sesión de gabinete. Como la decisión urgía y no quería perder el viaje, hizo llamar a un edecán al que le entregó una papeleta para el presidente. Afirman que Betancourt leyó un mensaje que decía: «Tengo un yerno comunista. ¿Qué puedes hacer por él?». Rómulo le contestó en el reverso de la papeleta: «Lo puedo soltar si se va del país». Montado en un avión y con unos pocos dólares en el bolsillo, Daniel fue a parar a Italia, donde vivió por largo tiempo, y luego a Rusia, donde le perdimos la pista.]

[*Violeta's voice*: Dame algo, niño (la mano extendida); dame algo. Niño, ¿tienes algo? Pónmelo acá, en la manito (la mano entrecerrada). ¿No tienes nada para mí? ¡Anda, niño, dame algo, aunque sea un mediecito, anda!]

Preámbulo
Antonio López Ortega

Se terminó de imprimir
en los talleres de Editorial Arte,
Caracas, Venezuela,
en enero de 2021.
En su composición tipográfica
se utilizaron caracteres
de la familia Berkeley.
Impreso sobre papel
Saima Antique 80 g.

www.ingramcontent.com/pod-product-compliance
Lightning Source LLC
Chambersburg PA
CBHW031317160726
47993CB00001B/452

9 789807 793070